Los fuegos de Kimbolton

Primera edición, mayo de 2025

El Desvelo Ediciones
Javier Fernández Rubio, director

Editorial Almuzara, S. L.
Parque Logístico de Córdoba
Ctra. Palma del Río, km 4
C/8, Nave L2, módulos 6-7, buzón 3
14005 - Córdoba
(+34) 957 467 081

eldesvelo.es
almuzaralibros.com
eldesvelo@almuzaralibros

ISBN: 978-84-129509-5-3
IBIC: FVH, FA
THEMA: FQH, FBA
Depósito Legal: CO 571-2025
Impreso en España-Gráficas La Paz

Imagen de portada, *Grupo de Claveles*, por Robert John Thornton

Imagen de la contracubierta, retrato de Catalina de Aragón, hacia 1502, por Michael Sittow, Kunsthistorisches Museum (Viena)

Patricia Rodríguez

Los fuegos de Kimbolton

El desafío de Catalina de Aragón y Lady Willoughby a Enrique VIII

El Desvelo
Ediciones

A mi padre, el cazador

Dramatis Personae et omnia nomina sua

Katherina — Katharína, Catalina Trastámara, Princesa de Gales, Queen Katharine, Catharine, Reina de Inglaterra, The Lady Dowager, Catalina de Aragón, La Antigua Reina, The Princess Dowager, La Dama Viuda.

Lady Willoughby—Lady Mary Wyllughby, María Salinas, Mary Salynes, Willoughby, Lady Wyloughby, Lady Mary Wyllughby, Willoby, Madame Vuillibi.

Eustace Chapuys—Eustacio Capacho, embajador de Carlos I de España y V de Alemania en Inglaterra.

Sir Edmund Bedyngfield y *Mr. Chamberlain.*

El físico, Lasco.

El apotecario, Soto.

El confesor, George de Athequa, obispo de Llandaff.

El doctor Ortiz, intercesor de Katherina en Roma.

Gertrude Courtenay, marquesa de Exeter.

Kimbolton—Chenebalton, Chenebolton; Kenebalton; Kenebaulton; Kembauton; Kymbalton; Kymbolton, Kimoltoun.

Londres, 6 de diciembre de 1514

La peor influencia sobre la Reina es la que ejerce Doña María de Salinas, a quien ella ama más que a ningún otro mortal.

Carta de Luis Caroz de Villaragut, embajador de España en Inglaterra, a Fray Juan de Eztuniga. *Calendario de Papeles de Estado*, España, Volumen 2, 1509-1525. Hulme.

Barbican, Londres, 30 de diciembre de 1536

Cuando le envié mi siervo a usted, me trajo palabra de que estaba ocupado con asuntos tan inoportunos que no podía despacharme a mí o a ninguna otra persona. Mas ahora, he de causarle molestia, pues oigo que mi señora está muy dolidamente enferma otra vez. Y le ruego se acuerde de mí, pues me prometió interceder ante el Rey y conseguir licencia para que yo pueda visitarla antes de que Dios mande a por ella, pues ya no cabe otra posibilidad. A menos que el Rey me conceda una carta que pueda mostrarle a los oficiales de mi señora, mi licencia no tendrá ningún efecto. Nadie puede ayudarme tanto como vos.

Lady Mary Wyllughby a Thomas Cromwell. *Letters and Papers, Foreign and Domestic, Henry VIII*, Vol IX num. 1040.

I.

La rienda ha desaparecido de su mano, como el guante que la envuelve y cada uno de sus dedos, pero la tensión que la mantiene sujeta es una costumbre bien instruida. En esto confía la amazona.

Lleva horas sosteniéndola y espera que su fuerza se siga perpetuando con la inercia que aprende el cuerpo de sus costumbres. No siente las manos ni distingue los confines de sus brazos o la forma completa de su cuerpo. ¿Dónde termina ella? ¿Dónde comienza el frío?

Si abre los ojos, la oscuridad sólo le muestra formas inacabadas: la espesura rápida a los lados del camino, el contorno de los árboles, una luna gibosa. Desde la altura de una loma suave, ha visto los campos dormidos por un instante y ha pensado que esta luna es justa, pues señala la oscuridad del mundo con un brillo templado. No regala la certeza de otras noches con más luz, pero aún consiente algunos signos de vida. Tres o cuatro jornadas más tarde, bajo la luz escasa de otra luna más afilada, nadie hubiera hecho este viaje. Esta noche de enero, con la última fase lunar que da vida a las cosas, pocos se atreverían a hacerlo y hay pocos motivos que puedan merecer salir a los caminos.

Willoughby aspira el aire helado bajo las pieles de su manto. A la salida de Barbican, le repugnaba el olor del curtido reciente pero, ahora, ya no siente esa hiel en la garganta. La amargura proviene de otra cosa. Deja que el frío reduzca sus sentidos. Igual que sus manos heladas, otras capacidades de su cuerpo van cediendo y se apagan, pero no la amargura. Sigue quemando. Enciende sus vísceras incluso cuando ya no percibe nada con claridad a lomos de su caballo, sólo la fuerza del animal, una noción general de dónde está el cielo y dónde está la tierra. Todo su organismo se reduce al movimiento. Sólo quiere ser respiración para avanzar más aprisa. Desearía tener la velocidad de los pensamientos porque, en su mente, ya ha llegado al lugar donde se dirige su cuerpo. Cuando los dos se encuentren allí, Willoughby no sabe cómo hablará con ella. No sabe si podrá mirarla.

Ha tenido que jurar no volver a llamarle «reina», como todos los habitantes de Inglaterra. En este tiempo nuevo, debe dirigirse a ella como The Lady Dowager[1]. Lleva meses encerrada en una sola habitación. Todo el país sabe que su salud se ha deteriorado. Hace tiempo que Willoughby intenta alcanzarla y, ahora, en unas horas, con la velocidad del viaje, todo los días en los que nadie hizo nada para llegar a ella y en los que Willoughby aguardó sin verdadera esperanza se contraen y se compactan. Teme, sobre todo, no llegar a tiempo. Es por eso, no por el aire helado que le atraviesa los párpados, por lo que se encoge y aspira una especie de llanto que no acaba de brotar. Su cuerpo no le deja. Su organismo desvía todas sus fuerzas hacia un solo cometido, combatir la amenaza física del frío.

Se entrega al movimiento del caballo. Deja que el calor de la bestia le contagie su fuerza. Desea ser masa bruta y amorfa; todo galope, negrura viva. Busca su ira. Ha aprendido a destilarla de lo amargo. La amargura hace poso en el corazón con facilidad. La ira limpia ese poso, concentra su fuerza y la escala en todas sus dimensiones.

1. La Dama Viuda.

Quiere ser dueña de su furia, hacerse con ella. Ese es el único sentimiento que le ha ayudado a ignorar las palabras de todos los siervos de su casa, las advertencias de sus consejeros. Willoughby les ha instruido bien en lo que pueden decir y en lo que deben callar mientras ella esté fuera. Aunque no sepa del todo dominarla, necesita la ira para hacer lo que está haciendo. Desobedece a Greenwich con cada milla que avanza. Desafía al rey y sólo la ira puede mantener el impulso original con el que ha iniciado su viaje.

Cromwell no dio respuesta a su carta. Escribirla también fue un acto de dominación. Tuvo que someter el miedo de su mano y la angustia física de todo su cuerpo. Las palabras salían de la tinta contra su propio instinto de conservación, contra todos sus futuros posibles. Si entonces la ayudó a escribir contra el miedo, ahora confía en que su mano derecha posea la misma inteligencia refleja para guiar a su montura aunque ya no la sienta.

Cuando le escribió a Cromwell, diciembre estaba a punto de expirar. Dejó pasar un día entero, una noche, una mañana. El silencio consumía las horas sin que ningún mensajero llamara a su puerta. Su espera comenzaba a parecer otra cosa y fue entonces cuando le sobrevino una claridad que no había sentido antes. El tiempo de las suposiciones era limitado. No podía esperar una respuesta de Greenwich. El tiempo de las suposiciones era valioso y era la única ventaja que ella tenía. Ninguna promesa, ninguna otra aserción. Una palabra escrita en el aire con las vocales abiertas y ambiguas de su segunda lengua, hacía ya tiempo, proferidas por un maestro de la imprecisión. Habían pasado semanas. Cromwell nunca admitiría haberle dado permiso para ir a Kimbolton. Diría que

Willoughby había malinterpretando su respuesta cuando él sólo asentía a llevar su súplica al rey para que éste la considerara.

El tiempo de las suposiciones se agotaba en Londres. Ella ya no es joven, ahora posee otro tipo de fuerza. El silencio de Cromwell se perfilaba como una prohibición que cobraba nitidez.

El miedo gana millas tras de ella. Si al principio del viaje lo sentía distante, ahora sabe que está mucho más cerca. También para eso necesita su ira y su hiel, para apartar el terror. No va a darse la vuelta. Conoce a Cromwell y a su rey, conoce el tipo de castigo que conlleva ese tipo de desobediencia, pero no puede pensar en ellos para salvar caminos de lodo, para cruzar los campos dormidos de un país amigo y enemigo. La tierra que le ha dado todo y que ahora la señala.

Por un camino nocturno se puede alcanzar el destino que arde en la intención del viajero, o se puede errar, incluso avanzando en la dirección correcta. Por un camino nocturno, es posible llegar a un punto del recorrido en el que los caballos se detengan y olviden su obediencia, cansados o asustados por una fuerza oscura que domina el lugar. Se puede alcanzar un paraje vacío, demasiado húmedo para hacer hogueras, sin leña caída a la vista. Por un camino nocturno, la posibilidad de abandonarse a la oscuridad o a la desventura siempre está cerca.

Willoughby mide el tiempo. Lo hace sin pensar, le basta con retraerse a un momento preciso del pasado y trazar una línea recta a su consciencia. Una impresión débil, pero que suele ser acertada: cinco o seis horas de camino y un alto en Hatfield, donde cambiaron los caballos.

Antes de salir de Londres, los niños de la casa comían figuras de mazapán en las cocinas. Ella lleva consigo sus risas y el calor del fuego que guarda el día. La primera mañana de Navidad, prendieron el haz de fresno como se hace en muchas otras casas. Un tronco grueso atado con ramas más finas recién cortadas, todas del mismo árbol. El fresno es el árbol de la vida porque su madera es la única que arde incluso estando verde. Ese fuego arde durante los doce días de Navidad, hasta Epifanía, y los restos del tronco quemado se guardan para el año siguiente como un símbolo de vida eterna, de resurrección. En su casa, aquel año, el fuego era manso y la luz que entraba de fuera carecía de vida. Como si nada pudiera llegar a calentar la casa, su cuerpo. El día primero de enero ya era noche para ella. Hacía días que había oscurecido en el reino más apartado de Roma. Ordenó que prepararan su casa de Grimsthrope, al norte, y mientras sus siervos ensillaban su montura, pensó en escribir a su hija. Dejó para ella una carta breve, que podía ser leída como una misiva de buenos deseos para los doce días de Navidad o como una despedida.

Roma construyó el camino que une el trono de Inglaterra con el reino de Escocia. El Gran Camino del Norte, por el que han dejado atrás la posada del Ángel y Barnet, luego Hatfield y Baldock, cruzando Biggleswade. En sus labios, estos nombres no suenan del todo extraños, pero siguen encerrando notas que son indescifrables para ella. Le ocultan algunas esencias de su naturaleza. ¿Cuantas décadas han pasado? Muchas de las cosas que la rodean aún guardan secretos para ella. No se revelan del todo ante sus sentidos. Willoughby ha aceptado que seguirán siendo pequeños misterios hasta el día que ella muera, para los oídos y los labios de una extranjera.

En la villa de Saint Neots, se han desviado del eje principal para tomar un camino hacia el oeste. Este movimiento traza la voluntad del rey. No le basta con alejar a Katherina de la capital, también la aparta de las rutas más frecuentadas, de los caminos que unen y separan reinos. Por el Gran Camino del Norte viajan hombres humildes y hombres poderosos que siguen siendo fieles a la fe antigua. Podrían gravitar hacia ella y levantarse contra Greenwich. Ella tiene el favor y el amor de la gente y debería ser la joya más preciada de Roma en Inglaterra.

El nombre del lugar al que se dirigen no revela nada sobre su naturaleza. Kimbolton, castillo, casa de grandes, ruina, presidio o fortaleza. No sabe a qué distancia se encuentran, pero mide el tiempo y quien sabe medir el tiempo puede adivinar la distancia. Hace mucho que han dejado atrás el último lugar con un nombre conocido y la idea de Kimbolton se levanta frente a ella como una sombra vacía. ¿Qué es el miedo? Los cielos y los bosques no saben nada de las cosas de los hombres. Por eso, espera ser tratada con equidad por el invierno, por la noche y por las bestias que aún sigan despiertas.

En la oscuridad, entre los bosques deshojados, Kimbolton, puede adoptar cualquier forma. Más allá de las copas de los árboles, distingue algunas líneas que parecen aristas de piedra. Puede ser el lugar que buscan o puede ser cualquier otra casa, una fortaleza, un pueblo desconocido, un país nuevo. Una parte de ella desearía eso, que fuera cualquier otro lugar del mundo, que tuvieran cualquier otro motivo. Si tiene éxito y logra cruzar la entrada, no quedará ninguna duda de su desobediencia.

Las puertas de Kimbolton están abiertas. Sus habitantes no hacen uso de sus defensas. No temen los ataques ni las incursiones de posibles enemigos. Parecen dispuestos a recibir a cualquier intruso que quiera atravesar su umbral de piedra. Willoughby siente que esa puerta abierta es una señal de peligro, una advertencia. Una muestra visible del poder de Greenwich, que es omnipresente.

Entiende que ésta será una prueba de inteligencia. ¿Qué tiene ella a su favor? Los recursos de una mujer noble con fama en la corte, una antigua amiga del rey y de la reina. Si ahora esa amistad no le sirve, le quedan sus propios recursos, sus convencimientos. La buena suerte de quienes desean lo que es justo y lo que es bueno. ¿Y ellos? Quienes están a otro lado de la puerta son muy diferentes. Los conoce a todos, incluso a quienes no la conocen a ella. Ellos no tienen demasiadas creencias. Obedecen a un hombre que quiere apartarles de todas las verdades conocidas, de la fe que siempre ha regido sus vidas, que guarda las almas de sus antepasados. Ellos no contradicen ninguno de sus delirios por miedo a la muerte. Se dejan arrastrar, sorben su miedo a diario, mueven sombras en su nombre. Ésa es la diferencia. La fuerza de Willoughby procede de otro lugar. Se arrodilla en el barro y junta las manos sobre su pecho:

—*Magnificat anima mea Dominum…*

La humedad de la tierra le entumece las piernas. Hace que el frío cobre otra dimensión, primero parece fuego, luego se convierte en una sacudida involuntaria a la que siguen pequeños espasmos con los que su organismo le advierte de debe moverse para seguir viva. Ella no se levanta, escarba el barro helado, se ensucia el manto, se embadurna las pieles. Solo se pone de pie para romper la tela pesada de sus ropas con más facilidad.

—Quien sea que nos reciba, decidle que la bestia me ha tirado al suelo.

—Señora.

—Que me he golpeado. Ya lo verán ellos. Es mejor que no hables demasiado, hazlo sólo si dudan de mis palabras y vete de aquí en cuanto veas que he cruzado la puerta.

Un sonido metálico taladra el aire. En otra época del año, habría volado sobre la longitud entera del bosque haciendo que todo quedara envuelto en un eco plateado. Pero el toque a vísperas se extingue en la niebla enseguida. Es así como Willoughby comprende que Katherina sigue viva, porque sólo una casa gobernada por ella guardaría las horas canónicas del día. Entonces, el dolor físico y el cansancio de las horas a caballo aparecen, como si el pequeño alivio que le reporta ese pensamiento le hubiera dado permiso a su cuerpo para sentir, para volver a activar sus terminaciones nerviosas y dejar que todo su organismo empiece a hablar. En ese sentido, no tendrá que fingir nada.

Delante de ella, Kimbolton es una mole de piedra de dos alturas, rodeada de un foso, con una torre circular. Al lado del pórtico, arde una tea. La luz de la llama duplica el mundo en la superficie negra del agua.

La misma voz que ordena que se detengan pregunta quiénes son. La voz llama a alguien con más rango antes de que Willoughby pueda darle una respuesta. Mientras esperan, ella se arrodilla en el suelo y depone su rabia. La cambia por la tristeza y la fragilidad que se espera de una dama. Reconoce la voz de Edmund Bedyngfield en cuanto le oye hablar, viene acompañado de otra persona.

—¿Mi Lady Willoughby? Son las seis de la noche.

—Lo sé, he oído la campana, como todas las almas de Kimbolton.

—Sabe que, de día o de noche, tengo que pedirle que me muestre su licencia para dejarle entrar aquí.

—La carta salió de Greenwich esta mañana pero, al salir yo de Barbican muy temprano para aprovechar la luz del día, le he sacado ventaja. O puede que al mensajero le haya vencido el frío. Si no llega esta misma noche, mañana estará aquí con toda seguridad. ¿Cómo está la Princesa?

—¿La Dama Viuda?

—Sigue siendo Princesa de Gales. ¿O va a corregir mis palabras? ¿No ve cómo vengo? Este hipogrifo violento me ha tirado al suelo a una milla de aquí. Apenas he logrado llegar andando. El frío y el barro no van a calmar los golpes que traigo por todo el cuerpo.

—Su Princesa, la Dama Viuda, sigue enferma.

—Las noticias que he oído por el camino no eran buenas. Yo debería estar a su lado.

—¿Y la licencia?

—Si no está aquí en una hora, mientras recobro el aliento y me caliento un poco delante del fuego, llegará mañana, tan pronto como amanezca. No pido nada, ni cama, ni alimento, traigo mis propios suministros. Dudo que el rey perdonara que no socorrierais a una buena amiga suya en esta circunstancia. Yo misma encontraré su cámara.

Al lado de Bedyngfield distingue a Edward Chamberlain, otro bruto familiar en los corredores del palacio de Plasentia, en Greenwich. Susurran entre ellos pero las palabras tardan. Su respuesta no llega a formarse. Hablan entre ellos y acaban por darle permiso sin darle permiso. Willoughby no espera. Este no es tiempo para las certezas. Las palabras de Bedyngfield y Chaberlain pesarían demasiado, saben abrirse paso por cualquier grieta. Encuentran testigos con buena memoria y se deja repetir con facilidad, en un descuido, en un susurro, en la corte de Londres, en multitud de circunstancias que ellos no podrían controlar.

Para cruzar el umbral de Kimbolton, debe acercarse a ellos. Teme rozarles porque, si lo hace, su proximidad puede despertar la violencia que los dos llevan dentro. Ella conoce las manos de esta clase de hombres. Los peores actos de violencia son parte de su trabajo diario. No puede mostrarles ni un atisbo de fiereza, ni un rastro de orgullo. Debe deslizarse entre ellos como un perro desvalido, como una mujer humillada o sus manos se extenderán hacia ella para aprehenderla con el movimiento reflejo de quienes nunca se han esforzado por dominar lo que son en esencia.

Kimbolton la recibe con la misma oscuridad que hay en el exterior, pero con un extravío mayor que el que sentía en los campos y en los caminos. La humedad ensucia los muros encalados. Ninguna casa de este país se libra de esa fealdad. El seno de Kimbolton señala su presencia como una anomalía. Después de cruzar el pórtico de entrada, el patio de armas se traga toda la luz del cielo, es pánico puro.

Bedyngfield y Chamberlain la siguen a distancia, cruzan el patio tras ella como si vigilaran a un animal peligroso que, asustado, se hubiera hecho aún más impredecible y salvaje. No saben si deberían contener las intenciones de

Willoughby, si deberían limitar sus movimientos. Actúan como si midieran su perseverancia. La dejan avanzar sin saber a dónde se dirige, parece que esperaran que fuera a dar con una mazmorra por su propio pie, como si confiaran en que fuera a perderse para siempre y desaparecer.

Atraviesa varias estancias poco iluminadas que se comunican entre sí. No conoce el trazado de esta casa. Oye las voces de Bedyngfield y Chaberlain detrás de ella. Ya no la siguen de cerca, pero teme que su aquiescencia sea una trampa. Encuentra un corredor al que no llega ninguna luz desde el exterior y se adentra en él. Se queda quieta hasta que sus ojos se acostumbran a la negrura. Recurre a las manos, que van despertando del frío y la guían por el plano seguro de las paredes. Al fondo de la cámara contigua, distingue la geometría de una ventana. Este espacio no se parecen en nada a un lugar habitado. Tapices raídos, sacos, arcones vacíos, un banco decrépito. ¿Y si ella ya no estuviera aquí?

Al principio, cuando decidió apartarla de la corte, el rey envió a Katherina a The Moore, otro castillo frío al que Willoughby no pudo ir a visitarla. De allí, al palacio de Hatfield, después a Ampthill y, poco tiempo más tarde, a las torres de Buckden, como si ningún lugar fuera lo suficientemente lejano, como si la distancia no bastara. Desde el primer destierro, no ha dejado pasar ni un año seguido sin ordenar que la muevan a otra casa diferente. Ésta es una forma de castigo especialmente cruel. No se conforma con apartarla de la corte, desea que no se sienta segura en ningún lugar. La va desenraizado lentamente. Le ha hecho promesas misericordiosas a la vez que la aislaba y la alejaba de todas las personas que la aman. Él sigue temiendo todo lo que ella representa. La reina puede avanzar en todas las direcciones, salvar las distancias más grandes del tablero. Todos la aman y Katherina sigue siendo una amenaza para Henrico, incluso inmovilizada, a los márgenes del damero.

Cuando la oscuridad ya la ha aceptado, Willoughby pasa a ser parte de todas las cosas sin luz que viven en ella. Se siente más tranquila, algo más segura y Kimbolton cambia. Se muestra ante ella como una casa que tuvo vida en el pasado, como un lugar construido para la permanencia. Ya no siente miedo, sólo siente que se mueve por el residuo de otro tiempo, de mejores circunstancias. Sigue avanzando y al fondo de otro pasillo distingue una luz. Las manos blancas y pequeñas de una mujer flotan en el halo que dibuja la llama sobre su palmatoria. Las manos son la única parte visible de un cuerpo envuelto en demasiada ropa para proceder del interior de una casa. La luz no toca la cara de la mujer, pero Lady Willoughby puede distinguir una presencia benévola sin verle el rostro. La sigue por galerías de piedra tan frías como las que ha dejado atrás. ¿No hay fuegos encendidos en esta casa? Ya no oye los pasos de Bedyngfield y Chaberlain, ellos se han quedado atrás. Willoughby les ha obedecido perdiéndose, desapareciendo.

Detrás de una puerta, el corazón de Kimbolton sólo es una chimenea con un fuego encendido, como el corazón de tantos lugares de la tierra. La luz dorada ilumina una geometría de paneles de madera que recubre todas las paredes. Las vigas de martillo que sostienen el techo son aún más elaboradas. Hacen que la alcoba se asemeje a un panal hecho por hombres en vez de abejas. El afán humano de protegerse del cielo abierto pero con artes que les sigan recordando la perfección de las estrellas, la belleza de la misma bóveda celeste de la que necesitan guarecerse. Sobre la cama, un cuerpo. Desde el cuerpo, la mirada conocida que Willoughby venía a buscar.

—Amiga mía, estaba preocupada. Mirad lo que os he traído de Londres. Ya estoy aquí y nadie ha olvidado nada.

De sus ropas, Lady Willoughby extrae una esfera imperfecta de color ámbar. Es más grande que su mano y rebosa toda la anchura de su palma. Su amiga hace un esfuerzo por extender el brazo hacia ella. Tiene que emplear todas sus fuerzas para recibir su regalo y sostenerlo en la mano. Es un obsequio de invierno, el peso prometedor de una granada.

II.

En el rostro de Katherina nada ha cambiado. El tiempo y la enfermedad, la falta de sol de otro invierno septentrional han hecho que las sombras de sus facciones parezcan más profundas, pero su esencia sigue intacta. No hay nada incierto en sus ojos. Todas las personas que ella ha sido en el pasado siguen vivas en ella. Sus creencias siguen siendo suyas, incluso cuando apenas quedan pruebas presentes de ellas. Las cosas que siempre habían sostenido su propia existencia ahora se niegan, se intentan borrar, quién es ella, qué hace en este país, cuáles son las cosas en las que cree. Muchos de quienes la rodean han aceptado esos cambios para salvar su prosperidad o su vida, pero ella resiste a las mareas del miedo. Por el día, son los temores de la razón y, por la noche, hay pensamientos terribles que vuelan por su habitación deformando su memoria, amplificando recuerdos monstruosos que ahora se orientan hacia el futuro, hacia todo lo que puede sucederle a ella. Cuando Lady Willoughby la mira, puede llegar a imaginarlos. En eso consiste la amistad.

Lady W ha pasado la noche a los pies de su amiga. Ha dormido el sueño seguro de quienes se sienten protegidos, no por dios, ni por los muros de una gran casa fortificada —o por los guardianes de Kimbolton, que son sus guardianes también—, sino por la persona que había ido a proteger. En Katherina, ha vuelto ha encontrar una fuerza innata que es ajena al mundo, un coraje indiferente a las catástrofes del cuerpo. Ha dormido a los pies de la mujer más débil y de la mujer más fuerte de toda Inglaterra.

—¿Dónde estamos? ¿Qué es esta casa?

—Si has llegado hasta aquí deberías saberlo.

—Era de noche, cuando vi la torre…

—No es nada en particular, un lugar más apartado, menos famoso, más ajeno a Londres que la casa anterior.

—¿Y Buckden Tower? Intenté llegar hasta allí, pero me lo prohibieron.

—¿Y ahora? ¿Has conseguido licencia?

—La carta ya estará cerca…

—No tienes que contarme a mí lo mismo que les has contado a ellos.

Willoughby cree en su recuerdo como si fuera verdad. Ve a Cromwell asintiendo con la cabeza. Le había suplicado muchas otras veces y, cada vez que lo hacía, tenía que insistir tanto en la mala salud de su amiga que temía empeorar la enfermedad de Katherina con sus palabras. Porque el mal se atrae tanto con el pensamiento como con el habla. Willoughby recuerda un gesto leve, una pausa antes de asentir con indolencia. Un sólo movimiento de la cabeza de Cromwell, por ligero que sea, puede hacer y deshacer todo tipo de felicidades y desdichas, nombrar obispos, sentenciar herejes, separar cabezas de cuerpos. O puede que ese gesto haya sido una invención de Willoughby. La desesperación hace que imaginemos lo que más ansiamos. Puede que Cromwell nunca le haya dado permiso para nada.

—¿Y quién es el dueño de esta casa?

—Se llama Richard Wingfield, no vive aquí. Henrico le regaló Kimbolton con la piedra y el plomo del viejo castillo de Higham Ferrers para que pudiera devolverlo a su esplendor. El rey es generoso.

—Entonces, estamos en una casa ajena y fría, a medio reparar, con un dueño ausente que no tiene ninguna importancia en la corte. La casa pequeña de un desconocido, demasiado apartada de Londres.

—Soy yo quien la hace pequeña, vivo en este cuarto desde que nos trasladamos aquí. Sólo salgo a la capilla.

Lady W siempre ha creído que, para observar algo con claridad, la mejor luz es la luz primera del día. Es la más reveladora, no por las cualidades propias de la luz sino por la limpieza que tiene la mirada de quien la recibe. Los ojos aún no se han empañado con demasiados pensamientos ni se han deformado con los influjos que traen las sucesivas horas de día. Esperaba que la luz primera hiciera ver a su amiga lo mismo que ella percibe con claridad, pero Katherina sigue atada a sus convicciones. Se incorpora en la cama con dificultad.

—Mira por la ventana. ¿Qué ves?

—Una tierra llana, algunos árboles, pero no es una llanura abierta, es como si todo lo que cabe debajo de este cielo fuera a cerrarse sobre nosotras.

—Ya estamos acostumbradas a estos inviernos.

Kimbolton mantiene el cielo a poca distancia, no es por la altura de sus muros ni por la ambición breve de su única torre, sino por la dualidad del terreno sobre el que se ha ido edificando progresivamente a lo largo de los años. Sus dependencias se han ampliado con fortificaciones sucesivas y sus muros se han hecho más fuertes sobre la llanura de hierba. Al contemplarla, la blandura verde del terreno no tiene un efecto inmediato sobre el ojo de quien la observa. Es necesario sostener la mirada sobre su extensión unos instantes para percibir su dualidad. El terreno cóncavo tiene una curvatura tan suave que apenas se percibe, pero concentra todo lo que sostiene, como si fuera a envolver a quien lo observa. Lady W intenta adivinar la hora del día pero el calambur del paisaje y la falta de un sol visible le desorientan.

—Es como si desde aquí no se pudiera alcanzar ningún otro lugar.

—Puede que tengas esa impresión pero si hemos llegado hasta aquí, cada una por un camino diferente y en un momento distinto del año y del día, sería lógico pensar que podemos desandar el mismo trayecto o incluso continuarlo.

Entre sus palabras, Katherina intenta contener el dolor que, al final, se abre paso por su cuerpo y le contrae la cara. Ha aprendido a ceder a él sin ceder al miedo. Respira hondo y reza unas palabras en voz baja.

—Mi casa de Grimsthorpe no está lejos de aquí. Unas horas de camino hacia el norte. Allí descansaremos y desde Grimsthorpe hasta el puerto de Okebarrow hay poca distancia.

—No deberías hablar así.

—¿Quién nos escucha?

—Toda Inglaterra.

—Es cierto. Es por eso. Toda Inglaterra tiene el oído abierto y la imaginación más fértil que nunca. Los corazones de la gente están llenos de ideas, mientras contemplan a su rey quemando imágenes y saqueando monasterios.

—Silencio. No hables así. Mi hija no tiene amigos en este país.

—Es cierto, puede que no los tenga en esta tierra. Todas las personas que pueden protegernos están al otro lado del mar. Desde Okebarrow, la travesía es corta. Vuestro sobrino, el Emperador…

El apotecario de la reina abre la puerta. Cuando ve a Lady Willoughby la saluda con afecto y con cierta sorpresa, pero prefiere no hacer preguntas sobre el motivo de su viaje o el medio por el que ha llegado hasta el cuarto de la antigua reina. Luego, anuncia con solemnidad que trae entre las manos un boldo de matricaria recién hervida para los dolores de estómago de la paciente.

Inmóvil, espera a que Willoughby se levante y le preste su asistencia como si aún siguieran en la corte. En eso consiste el trabajo de una dama. Le tiende la cocción para que dé de beber a la antigua reina.

Willoughby sostiene el boldo mientras Katherina intenta sorber el líquido caliente. ¿Qué es lo que ve ahora? ¿Quién tiene delante de ella contra la mañana, al otro lado de la furia de su viaje? Una mujer que intenta beber un remedio inservible. Las propiedades curativas de la medicina son limitadas para ella. La dificultad con la que Katherina logra unos sorbos desenmascara otra cosa. Deja al descubierto la capa más profunda de esa inmutabilidad suya, de su obstinación, que es también la marca inconfundible de lo perecedero. Una desolación serena pero inexorable que tiene un grado absoluto.

Su casa de Grimsthorpe también fue un regalo de Henrico, como Kimbolton. Hace muchos años, cuando ella y su familia tenían el favor del rey y su mejor amiga era reina. Ahora, el potencial de su tiempo se ha agotado. El tiempo de señalar futuros posibles queda atrás. Ha logrado llegar a su lado pero no puede nombrar la realidad en voz alta, no puede describir el presente. Sus siervos esperarán en Grimsthorpe en vano, lo tendrán todo preparado. Pero ahora, sólo resulta tolerable hablar de cosas pequeñas, de detalles cotidianos, contiguos al presente. Incluso si intenta formar un pensamiento con la palabra «mañana», le cuesta pronunciarla, le parece un sonido increíblemente lejano. Sólo hay espacio para los gestos amables. Sólo el afecto puede sostener la sensación de que algo, de modo temporal, puede seguir deviniendo. El apotecario se excusa, satisfecho con su labor. Lady W se echa en la cama, al lado de su amiga.

—Este lugar…

—Es tan bueno o tan malo como cualquier otro.

—¿Es un hogar o una prisión?

—¿Qué diferencia hay cuando sólo existe un desenlace posible?

—Esa no era la intención de mis palabras.

—Duerme, descansa del viaje.

—Ya he dormido, he descansado cuando estaba oscuro afuera. Tenemos que aprovechar las horas de luz. Piensa otra vez en lo que he dicho y no temas por Marye, también es hija de su padre. Él no va a hacerle daño. Podemos marcharnos de aquí. Yo encontraré la manera.

—Un día estás sentada en una mesa rodeada de extraños. Te hacen sentir que han aceptado el acento extranjero de tu habla, el color de la raíz de la que brota tu pelo, tus ademanes y tus modales semejantes pero diferentes. Sientes que se han convertido en tu nueva parentela. Con el tiempo, tus costumbres y tus ropas, las bromas y las canciones que te gustan van cambiando. Tus preferencias empiezan a asemejarse a las suyas. Tu paladar encuentra placer donde antes sentía extrañeza y empiezas a celebrar las mismas fechas del calendario que ellos celebran. Pero ese olvido, esa especie de perdón con el que se excusa al extranjero no es para siempre. Olvidas que pende de un hilo. Incluso años más tarde, cuando la única vida que sabemos vivir y el único lugar que recordamos está al lado de esos extraños.

—Iremos a otro lugar, un país amigo, volveremos a Granada.

—Este es nuestro país ahora. Nuestra única tierra. No existe nada más sincero que el suelo que pisamos.

—El mar…

—Queda tan lejos que ha dejado de existir para nosotras.

—Iremos a otro país donde vuelvas a ser reina.

—Sé que tienes miedo, sé que no esperabas que las cosas fueran a ser de esta manera, pero, cuando dudes del futuro, sólo tienes que mirar hacia dentro. Que no te distraiga el cielo. No te midas por las grandes distancias que nos separan de Francia, de España… No pienses el imperio de mi sobrino, ignora la línea del horizonte. Verás que, en realidad, tu voluntad alcanza mucho más lejos, es más alta que estos muros. Mucho más alta y más fuerte. Nuestro interior es una gran fortaleza. Olvida que estás en Kimbolton; el verdadero castillo somos nosotras.

III.

Domingo, 2 de enero de 1536

Algo agita los espacios vacíos. Bajo del rumor del trabajo, cubierto por el esfuerzo de los siervos en las cuadras y las mujeres en las cocinas, avanza otro temblor. Es un cambio sutil que despierta a Kimbolton de su hastío a la hora a la que empieza a caer el sol. En el momento de la tarde en el que se ceban los fuegos que han ardido todo el día por última vez, pero sólo se encienden velas de sebo en dos o tres cuartos de la casa, los más transitados.

Los visitantes que llegan a sus puertas vienen de un lugar donde el tiempo discurre con más certeza. Traen intenciones que el silencio de Kimbolton no puede absorber sin hacer que reverberen por todo su espacio. La joven que se mueve aprisa por las galerías presiente que el final del día no va ser sólo letargo y busca la ventana más próxima. Hay tres hombres sobre sus monturas en el patio. Los mide con la mirada. Desconoce sus caras. Traen ropas diferentes entre sí. No distingue nada en sus semblantes que inspire miedo pero tampoco ningún rasgo que le dé confianza. Corre a la cámara de Katherina para decirle que dos caballeros extranjeros y un caballero inglés acaban de entrar en Kimbolton. Intenta describirlos con palabras inexactas. La princesa viuda manda llamarlos, aunque sospecha que entrarían en su cámara también sin su permiso.

—Pero antes de que vengan aquí, traed al chambelán y a la guardia, y a todas las personas principales de la casa para que puedan oír cada una de nuestras palabras.

—Nadie se atrevería a acusarnos de traicionar al rey con lo que hablemos —Lady Willoughby mira por la ventana para mentir con menos vergüenza, aunque su amiga sabe distinguir la falsedad de su voz sin necesidad de verle la cara.

Hace más de un año que quienes se encargan de servirla no ven a Katherina. Desde que un día, en Buckden, se negaron a seguir llamándola reina y ella sólo pudo castigarles privándoles de su presencia. Así de escasa es la autoridad que le queda. El edicto de Greenwich ordenaba que todos los súbditos de Inglaterra emplearan un nuevo título para dirigirse a ella: The Lady Dowager. Apartarse de todos quienes necesitaban nombrarla era el único recurso del que podía servirse para evitar semejante injusticia. No sintió pena. Ellos no eran sus siervos de confianza ni sus damas de siempre. La habían rodeado de extraños, un séquito nuevo enviado por Cromwell para vigilarla. Y desde que ella les prohibió entrar en su cámara, sirven a un espectro, sirven a la idea de una mujer. Sus mejores enemigos, los más generosos, los más amables y sonrientes, le ruegan que acepte su nueva condición de viuda. Prometen una vida más alegre, menos privada de bienes y de placeres si acepta el divorcio, si reconoce la autoridad del rey como cabeza de la iglesia, si acepta su nuevo estado de Dama Viuda y se conforma. Le aseguran que su salud mejorará y que podrá vivir en una casa soleada, al sur del país.

Katherina pide agua y perfume, ordena a la joven que abra las ventanas. Nadie protesta por el frío que entra en la cámara. Sigue siendo reina en su fuero interno. Se incorpora de la cama agarrada al tacto de su armiño, a la misma cruz de oro que colgaba sobre su pecho durante su travesía en barco hace décadas, cuando pisó su reino por vez primera. Le ayudan a levantarse de la cama para sentarse en la silla más alta. Lady Willoughby la peina y la calza. Toma posición a su derecha, a sus pies, en el banzo del estrado. Le muestra a la dama más joven cómo ha de colocarse, qué hacer con las manos para cimentar la autoridad de su señora en este retablo.

Llegan los siervos, los miembros del séquito suplantado. Katherina reúne toda sus fuerzas para imprimir la tensión debida en su cuerpo. Recuerda cómo se sienta una reina, sabe cómo debe mirarleo. Retoma esa sensación concreta que proviene del pasado. La fuente de la que procede esa autoridad sigue dentro de ella. ¿Qué enemigos le envían ahora? Teme esta visita pero también ansía que puedan traerle noticias de la corte o de su hija, Marye.

Cuando los viajeros entran en la habitación, Katherina reconoce el rostro de uno de ellos de inmediato, es el rostro de un buen amigo, y toda la tensión abandona su cuerpo.

Nadie necesita anunciar la llegada de Eustace Chapuys. El embajador del emperador de España y del Sacro Imperio Romano Germánico necesita licencia para visitar muy pocos lugares en el reino de Inglaterra y. aunque trae su debido permiso, firmado y guardado en un bolsillo junto a su pecho, nadie se lo ha pedido al llegar. Viene acompañado del hombre que Cromwell le ha asignado, junto con el permiso para viajar hasta allí «para que disponga de él como desee» y, aunque acepta su compañía con afabilidad, sabe que está a su lado para ver qué se dice, para evitar que cualquier idea peligrosa pueda progresar y para referir, luego, todos los aconteceres de su visita al palacio de Plasentia. Pero, ante todo, su principal cometido es evitar que Chapuys confunda la cortesía con la libertad.

Katherina reconocería la mirada aguda de su amigo en cualquier lugar, aunque hubiera pasado mucho más tiempo desde la última vez que se vieron. En sus ojos, sigue habiendo espacio para el afecto más sincero. Chapuys le besa las manos. Sus modales de corte continental la tranquilizan. Sus ropas, su acento extranjero, su sombrero negro, son pruebas físicas de la existencia de Europa, de Roma, de todo un imperio sacro que sigue en pie, que está de su parte. Si la sangre la une al hombre más poderoso del mundo, Chapuys es su personificación en Inglaterra.

—Sé muy bien todo lo que has hecho por mí durante estos últimos años. Gracias por venir a mi lado. Si muero ahora, al menos, expiraré mi último aliento en los brazos de un amigo y no desamparada, como las bestias.

—No he venido a despedirme, Madame, mi lady Willoughby, he venido a comprobar que la salud de la mujer más amada de Inglaterra sigue mejorando y también para traeros noticia de mis últimas conversaciones con el rey.

—¿Hay palabras suyas? ¿Para mí?

—Él mismo, en persona, me ha prometido buscar una casa mejor acondicionada para Madame, lejos de esta comarca húmeda y pantanosa que no puede ser salubre, sobre todo en esta época del año.

—El rey siempre ha sido generoso. ¿Es así esto?

—Así es, el rey se preocupa por vuestra salud y no sólo ha prometido procuraros una nueva casa, sino que, después de darme licencia para venir a veros, atendió a mis palabras, que son las mismas palabras que la princesa

Marye me dijo en persona y, después de escuchar todos los motivos por los que una hija puede desear ver a su madre, el rey dijo de buen grado que consideraría sus súplicas con detenimiento y que pronto me daría una respuesta.

—La bondad del rey es infinita.

—Lo es, el rey es bondadoso y con su generosidad, que es famosa también, ha prometido pagar todas las deudas de esta casa para que quede mejor abastecida incluso antes de vuestra partida. Por todas estas cosas, debéis tener fe, retomar la fuerza de vuestro corazón y hacer así que vuestra salud mejore, pues la unión y la paz de toda la cristiandad dependen de ello.

Ambos conocen las líneas que han de seguir sus salutaciones. Son las mismas platitudes con las que siempre han escenificado sus lealtades cuando otros escuchan. Quienes ahora se ocupan de ella deben ser testigos de una fidelidad absoluta, deben oír con claridad que no sirven a una mujer olvidada, deben creer que cuidan de una gran señora que sigue gozando del afecto directo del rey de Inglaterra. De ellos dependen su comodidad y su salud. Si dejaran de creer en ella, podrían reducir la cantidad de leña con la que alimentan el fuego de su cámara. Podrían dejar de preparar sus comidas más de una vez al día o empezar a lavar sus ropas y sus sábanas con menor obstinación. Y estando ella enferma, en una casa mal abastecida de velas y viandas, débil y casi sin presencia, más ausente que visible, podrían ir apartándose de ella, día a día y, empezando por el abandono, llegar fácilmente a denostarla. Entonces, comenzarían a hablar de ella como si fuera una prisionera, una extranjera indeseada, una carga o una molestia. Una mujer enferma que ya ha sido apartada y debería ser desterrada. Puede que, más adelante, quizás, en un día no muy alejado de su presente precario, todos los actores del séquito suplantado llegaran a deducir que su enfermedad ha de ser, sin duda, una prueba clara de su impureza, de su divorcio. El motivo de su incapacidad para dar vida duradera a un hijo varón; una marca de ilegitimidad como reina, de todas las irregularidades por las que el rey la ha apartado de Greenwich y ha tenido que apartarse él mismo de Roma y de todas las otras cortes de los monarcas de Europa. Esas y muchas otras son las ignominias de las que ha tenido que defenderse durante los últimos años. Desde que el rey y Cramner pusieran en duda la legitimidad de su cuerpo, la validez de su corona, el futuro de su hija Marye.

Bajo el peso de todo lo que les ha sostenido y de todo lo que les amenaza, Chapuys, Willoughby y Katherina son tres amigos que vuelven a encontrarse.

—Vuestro físico y vuestro apotecario. ¿Siguen aquí?

—Aquí siguen, aunque llegado este momento, es mi confesor quien mejores cuidados me procura.

—Eso siempre es necesario, pero, cuando un alma es fuerte como la de Madame, no hay motivo para dudar que la fortaleza física pueda recuperarse.

—El viaje desde Londres es largo, id a descansar, aquí os acomodarán lo mejor que puedan.

—Puede que duerma algo, pero el descanso es un regalo que me elude últimamente.

—Yo tampoco recuerdo lo que es dormir. Ni el primer sueño, ni el segundo después de laudes. No concilio el sueño más de dos horas seguidas desde hace semanas.

—Pero ahora, con Lady Willoughby a vuestro lado

y sabiendo que yo estoy cerca también, es posible que el sueño vuelva a aparecer para besar la frente de Madame.

Ambos ayudan a Katherina a regresar a la cama. La proximidad de sus amigos tiene un efecto tranquilizador sobre ella. Cuando la antigua reina cierra los ojos, las principales personas de la casa salen de la habitación. Chapuys y Lady W se quedan a su lado, guardando su descanso frágil. Esperan a que el sueño arraigue del todo en su frente y cobre profundidad. Hacen espacio al silencio. El hombre de Cromwell que acompaña a Chapuys espera con ellos, observando.

—Vaya a comer algo, seguro que hay cerveza caliente en las cocinas, yo iré detrás, en cuanto haya comprobando que el sueño de Madame está limpio de fiebre.

El enviado de Cromwell escucha el susurro de Chapuys, pero oye con más claridad las órdenes de su estómago. La corte de Greenwich queda lejos y esta casa no parece regirse por las normas de ningún particular. Chapuys y Lady W salen con él al corredor que comunica con la capilla y le ven desaparecer por la galería que conduce a las cocinas. Ninguno de los dos oculta su tristeza.

—De todas las cosas que has dicho, adivino cuáles son mentira y dudo de la exactitud de las pocas que puedan ser verdad.

—Es cierto que fui a ver a Henrico antes de viajar aquí. Volví a pedirle licencia para que Marye venga a ver a su madre, pero ya en octubre, después de muchas súplicas por escrito y en persona, Cromwell me advirtió que, como padre sabio y bondadoso que es, no hay necesidad de recordarle al rey lo que es mejor para su hija, ya sea cambiar de dueña, procurar para ella mejores sirvientes o traerla aquí a ver a su madre. En esta última visita tampoco me ha dado ninguna esperanza.

—No la dejará venir porque sabe que tenerla lejos es el mayor sufrimiento de ella. ¿Marye sigue en Hatfield?

—Allí vive, con la concubina, la tía de ésta que es su gobernanta y su hermanastra pequeña.

—He oído que su salud no es buena.

—A finales de verano, antes de que llegara el frío, le pedí al rey que mandara uno de sus físicos ver a la princesa porque ella teme el invierno, que es cuando su enfermedad regresa, pero Marye detesta la medicina y cualquier tipo de remedio que los físicos intenten administrarle. Además, su dueña gobierna la casa con otros intereses, sin tener en cuenta sus necesidades. Hace caso omiso a sus quejas.

—Sana o enferma, en invierno o cuando vuelva a ser primavera, ambos sabemos que nunca le darán permiso para venir aquí.

—Cromwell también ha dicho que su señor no quiere que la princesa vea a su madre para evitar que hable con ella de asuntos de fe. Piensa que sólo con verla, Marye se obstinará aún más en desobedecer el nuevo credo y en desafiar su autoridad paterna, que son la misma cosa. Como si una madre pudiera ser una mala influencia para su hija.

—¿Y las deudas de esta casa? Apenas se encienden velas cuando oscurece y aún no he visto un plato de comida.

Chapuys calla. Busca los ojos de Lady W. Quiere comprobar si están abiertos del todo a la verdad. En ellos, encuentra valor e inteligencia.

—Cromwell reconoce que podría saldar todas las deudas de esta casa al instante, pero conociendo bien la naturaleza de su amo, dice que no debe precipitar ese asunto, porque interceder tan directamente a favor de la antigua reina podría poner en duda su lealtad al rey y costarle un precio demasiado alto.

—Aquí falta de todo. Si mantener a su señora comienza a ser una carga, quienes la cuidan se volverán contra ella.

—Cromwell dice que el rey estaría dispuesto a pagar lo que se debe y a abastecer la casa de todo lo que sea necesario por el momento pero sólo si la reina accede a costear ella misma su manutención de ahora en adelante, algo que no puede permitirse ni puede aceptar, pues significaría renunciar a todos sus derechos.

Willoughby guarda silencio.

—La Marquesa de Exeter me escribió el mes pasado. Ella, que es prima carnal del rey, sigue viviendo en la corte y cuenta que la ira del rey crece cada día que pasa. Le ha oído decir en varias ocasiones que no va a soportar la obstinación de Katherina mucho más tiempo. Dijo que la forma en la que hablaba daba miedo, como si ya hubiera resuelto hacer algo.

—¿Sabe esto el Emperador?

—Lo sabe.

—Entonces, mis temores eran ciertos. No me queda ninguna duda. Todos la han abandonado.

IV. *The Marchioness of Exeter.*

Algunas de las cartas dirigidas a Kimbolton llegan con retraso, otras se extravían. Las misivas que proceden de Londres esperan a que alguien decida qué se debe hacer con ellas, pero las que son consideradas como más peligrosas, las que proceden del círculo íntimo de la antigua reina, son leídas y destruidas de inmediato por orden del señor secretario. Lo que llega escrito en ellas sólo lo sabe Sir Bedyngfield y éste sólo se lo contará a Cromwell, en persona, de viva voz, en algún momento del futuro, cuando se vean.

Entre todas las cartas que han ardido tras ser abiertas y escrutadas sin llegar a alcanzar a su destinataria, está la letra menuda y precisa de Gertrude Courteney, la Marquesa de Exeter.

Las palabras que salen de su mano se han medido con sumo cuidado para que su amiga pueda entender que, cuando habla de las tardes de invierno en Horsley House, de lo lentas y oscuras que pueden llegar a ser las noches, habla también del sufrimiento de Katherina y de la preocupación que Gertrude siente por ella. En sus líneas, le promete que nunca va a dejar de pedir por su alma, a dios y al rey. Le cuenta que siempre la recuerda con la música que sale de las teclas de su virginal y que, cuando reza, siente que la sigue teniendo muy cerca porque, a su modesto entender, ambas cosas, son la misma, la música y las plegarias.

Quiere que sepa que le envía todo el gozo que se siente al escuchar el madrigal más hermoso y la alabanza más perfecta, pues sabe que su amor por la música eterna, la más sagrada y verdadera, que también es la mejor estudiada, es tan fuerte y tan sincero como el suyo.

En esta carta, hubiera querido pedir que le perdonara. Explicarle que su familia se vio obligada a firmar palabras que no eran suyas[2]; que el lacre que pende de la carta sella calumnias que van contra todas sus creencias, contra los sentimientos de ella y los de su marido. Ellos han tenido que sufrir esa pequeña humillación, pero se conforman porque conocen de verdad y la conocen a ella. Saben que lo más profundo del corazón de Katherina sólo hay agua cristalina. Le hubiera gustado prometerle que sus lealtades no cambiarán nunca aunque le hayan prohibido ir a visitarla. Es algo que nunca debe olvidar. Sigue teniendo a muchas personas de su lado a pesar de la distancia, a pesar de su invisibilidad.

Si hubiera podido, también le hubiera hablado del día que viajó a Canterbury en busca de la prodigiosa Elizabeth Barton. Confía en que alguna otra persona le haya contado la historia, porque las profecías de la joven Barton son famosas en todo el país, y muchos han oído lo que sucedió cuando Gertrude la llevó con ella a Horsley House y allí, delante de todos los que estaban en la casa y antes de que hubieran empezado a rezar, le sobrevino uno de sus trances y el rostro y las extremidades de la joven quedaron contorsionados y una voz ajena salió desde dentro de su vientre para anunciar que sólo habría muerte en Inglaterra si el rey se divorciaba de Katherina y que una plaga terrible asolaría el país entero si su monarca separaba a Inglaterra de Roma.

Si hubiera puesto por escrito todos los portentos que

---

2. Numerosos nobles ingleses fueron obligados a firmar una petición dirigida al papa Clemente VII solicitando la anulación del matrimonio de Enrique VIII con Catalina de Aragón.

salieron de los labios de Eliza Barton para que Katherina pudiera conocerlos de primera mano, Gertrude hubiera ardido con su carta aún siendo prima carnal del rey.

Pero no llega a escribir esa historia del pasado. Elizabeth Barton, la Doncella Santa de Londres, ya ha sido ejecutada por traición hace casi dos años. Un tiempo peligroso que a Gertrude le parece inaprensible, corto y eterno por igual, como una llama. Un tiempo en el que todo cambia y se desvirtúa sin que nadie pueda comprender la realidad. Nadie en la corte se siente seguro. Nadie pronuncia el nombre de Elizabeth ahora.

Después de ser apresada, le hicieron recorrer varias ciudades para declarar su culpabilidad en público. Se arrodilló en las plazas de medio país, para implorar perdón. Tal era la rabia del rey por las profecías que había divulgado contra su matrimonio con Ana Bolena que, después de ahorcarla y decapitarla en Tyburnia, su cabeza fue expuesta en el puente de Londres, una humillación que ninguna otra mujer de su tiempo había sufrido. También ordenó que el nombre por el que se la conocía dejara de ser The Holy Maid of London, y que Elizabeth pasara a la historia como The Mad Maid of Kent, porque si no podían justificar con pruebas de brujería la influencia del diablo, podían recurrir a la locura para cambiar el nombre de una mujer, y la mujer que estaba loca lo estaba por sus propios pecados.

Las cartas y los pensamientos de muchas otras mujeres ardieron, como la letra menuda y precisa de Gertrude Courtenay, y sus nombres fueron alterados, borrados o simplemente olvidados por quienes contaron los sucesos de aquel tiempo y de muchos tiempos anteriores y de los siglos venideros.

V.

Lunes, 3 de enero de 1536

—¿Qué soñaremos hoy?

—Aún no se ha hecho de noche, mira por la ventana.

—Aquí no oscurece del todo en invierno, tampoco en los meses de verano. Las noches del norte son más largas, pero tienen menos profundidad.

—Soñemos con las cosas que nadie puede arrebatarnos.

—Podemos recordar un día de sol con un cielo esplendoroso.

—Después de cruzar el mar, en los territorios ingleses de Francia, ya era primavera.

—Desde el puerto de Calais, hasta Guînes y, después de hacer noche allí, llegamos al Champ du Drap D'Or.

—3.000 hombres con 3.000 caballos para acompañar al rey y a la reina de Inglaterra.

—Allí nos esperaban todos los regalos del mundo que, entonces, eran para nosotras.

—Los dos reinos levantaron una ciudad temporal en el aire.

—En una llanura interminable, alzaron carpas y pabellones de tela de oro hasta donde alcanzaba la vista: cocinas, tiendas, bestias, carros y estandartes. Una multitud de siervos y soldados, los maestros carpinteros trabajaban sin descanso sobre un tapiz de hierba.

—Leones, galgos, dragones, venados y antílopes. Todas las bestias reales coronaban los pabellones que cubrían la llanura.

—Flores de Lis y rosas rojas.

—Desde lejos, bajo el sol, todo el campo parecía un manto de hilo de oro.

—En menos de una semana, edificaron un castillo de dos alturas. A sus puertas, dos pilares con estatuas de Baco y Cupido de las que manaban Clarete y Malvasía. A los pies de las fuentes, copas de plata para que todo el mundo pudiera beber.

—Todos amaban al rey y a la reina.

—Dentro del castillo, ondeaban las sedas blancas y verdes, los colores del rey. Construyeron una hermosa escalera decorada con tapices de hilo de oro y un atrio rodeado de galerías de cristal.

—Las maravillas más esplendorosas de esta tierra.

—Dieciocho días con sus dieciocho noches.

—El día del Corpus, el rey montó su caballo más hermoso. Toda la luz de los astros se concentraba sobre su saya de oro, diamantes, rubíes y esmeraldas, las perlas más hermosas. Su manto dorado *trait en echarpe*, su bonete coronado de plumas y joyas resplandecientes.

—Flautas y tambores, después, las trompetas. Cuando el rey partió al encuentro con el rey de Francia, las salvas de artillería se oyeron en todo el continente.

—No había lugar más esplendoroso en el mundo y el cielo lo sabía.

—Los juegos para sellar la paz entre los dos reinos duraron días. Combates cuerpo a cuerpo, canciones y torneos.

—Para las justas, el árbol de la *noblesse* se había envuelto por completo con damascos verdes y dorados. El suelo, a su alrededor, estaba cubierto con tapices de hilo dorado. De las ramas, colgaban los escudos de los combatientes entre hojas de seda y frutos soplados con cristal veneciano. La rama de espino albar de Henrico estaba entrelazada con la rama de *framboise* del rey de Francia. A su lado, una gran cruz de piedra y, al final de las listas, dos arcos del triunfo.

—Algunos hombres se batían para hacer gala de su destreza. Otros habían conocido la guerra y no ocultaban sus apetencias en el campo de juego. Esa misma sed era visible en todas sus otras pasiones, altas y bajas. Los nobles borrachos brindaban al grito de «Good friends, French and English» bajo la música de chirimías, clariones y sacabuches.

—Después de los juegos, premiaste a los vencedores y agasajaste a ambos reyes por igual con joyas preciosas y obsequios. De todos los banquetes, no había mesa que pudiera compararse a la anterior, corderos, terneras, gansos, capones, conejos, perdices, cigüeñas, salamandras, leopardos y armiños.

—Toda manera de delicias y divertimentos.

—Bailes y momerías.

—¿Y el último día? Un gran dragón cargado de fuegos de artificio apareció en el aire para asombro de todos y voló por encima de nuestras cabezas. Aquel monstruo prodigioso tenía al menos cuatro brazas de largo y, cuando los fuegos de pólvora estallaron, todos los colores del mundo brillaron en el cielo de Francia.

—Nada era nuestro. Todo era un regalo. Sentadas a la mesa de una corte extrajera nos olvidamos de nuestra propia esencia. El sol de Francia, en junio, despertaba la memoria de nuestro cuerpo. Nos hacía sentir el país en el que habíamos nacido aunque estuviera más al sur. Por eso recordamos aquellos días con tanta claridad.

—Éramos la llama de todos los festejos. No había reina con más fama ni damas con más belleza.

—Éramos invitadas del tiempo, como lo son todos los hombres y todas las mujeres.

—Henrico le dio nuestros nombres a sus naves de guerra, el *Katherine Pomegrane*, el *Katherine Fortileza,* el *Mary Willoby* con más de mil quinientos hombres…

—¿Qué mar navegan ahora? ¿Quién las gobierna?

—Al otro lado del agua, tras del mar breve que apenas nos separa de Francia y del Emperador, de todos los que os siguen amando y os desean una vida larga.

—Pero ahora, las medidas de las cosas han cambiado. Las dimensiones de mis pensamientos son otras. La enfermedad no me deja abarcar distancias tan grandes con el cuerpo, ni con la mente.

En los ojos de Katherina se extingue la luz del recuerdo del Champ du Drap D'Or. Su cara se ilumina con un resplandor diferente que no proviene del pasado. Es una luz que emana de otro plano. Los seres humanos sólo pueden percibirla cuando sus sentidos empiezan a cambiar de estado. Un lugar que no es natural para los sanos, para quienes viven sin dolor, libres de enfermedad. Lady W sabe que debe desviar su atención de ese brillo, que debe reclamar su presencia al lado de los vivos.

—Todo es vuestro, todo sigue siendo vuestro. Mi casa de Grimsthorpe está muy cerca de aquí. Viajaremos con poco equipaje y, en cuanto lleguemos, mandaremos varios emisarios con cartas diferentes a destinos diferentes. Si interceptan una, las otras se abrirán paso hasta Francia. Descansaremos un día y, en cuanto volvamos a tener fuerzas, cruzaremos el mar. Vendrán a nuestro encuentro en cuanto desembarquemos al otro lado. Chapuys nos ayudará a hacer todos los preparativos para navegar de noche.

—Me he desecho de todas mis pertenencias, del peso de todas las cosas que nos lastran pero estas noches son tan poco profundas que no me dejan dormir con paz. Esta tierra no nos dejará viajar. No va a regalarnos una noche oscura, ni una cubierta para el alma que pueda guarecernos.

—Lo que esta noche no tiene de profunda, lo tiene de larga. El cielo de esta latitud, medio encendido, medio apagado, nos trae tiempo y, en el tiempo real de las cosas verdaderas, sigues siendo la única Reina de Inglaterra.

—Ya no estamos en el mundo que hemos conocido. Ahora, la oscuridad es otra cosa, no tardará en hacer lo que tenga que hacer. Puedo verlo todo, sé cómo va a suceder, desde aquí.

VI.

Como una memoria nítida que choca contra el presente, un ruido saca a Katherina de su duermevela. En el poco espacio visible de la habitación, no distingue nada que haya podido emitir un sonido tan concreto y cercano. Los restos del fuego iluminan el bulto de ropas que es Willoughby. Apenas distingue una cara, sus ojos cerrados bajo las mantas y las pieles. Su cuerpo conserva cierta tensión incluso en los lapsos de tiempo en los que se queda quieta y parece dormir. Luego, vuelve a cambiar de postura sobre la silla y a recolocar las mantas y las pieles. Dentro de este tiempo alterado, ninguna de las dos ha podido descansar. Llama a su amiga por su apellido, un nombre que se presta bien a los susurros y podría confundirse con un silbido del viento: Willoughby.

Ella se incorpora enseguida y pregunta qué hora es, enciende una vela y retira los tapices pesados de la ventana. Afuera no hay luz. Willoughby abre la puerta y se asoma al pasillo para escuchar unos segundos con toda su atención. No logra adivinar la hora. La noche se confunde fácilmente con la madrugada y la madrugada puede haberse enturbiado con la luz ahogada de la tarde. Puede que ya vivan al día siguiente o puede que sigan en la noche del día anterior, que apenas hayan pasado una o dos horas.

Katherina le pide que rece con ella. Rezar es un pasaje a un campo interno que a veces comparten, una forma de intimidad, de confianza que podría tomar la forma de un lago de agua quieta, o de un espejo sobre el que el mundo externo apenas se refleja. En él sienten las cosas por lo que son.

—Deberías ir a buscar a Chapuys.

Cuando vuelve a tener a su amigo delante de ella, Katherina le observa con prudencia. Necesita medir sus inclinaciones, descifrar cuál es su disposición. Si han tenido que despertarle para traerle frente a ella y han interrumpido su sueño, no parece cansado. No ha perdido nada de su entereza. Busca la dureza de hombre de Estado en las facciones de su amigo para poder hablarle como si no lo fuera.

—¿Y cómo es la salud del emperador?

—Es buena.

—¿Y sus empresas?

—Son afortunadas.

—Su victoria contra el turco era tan necesaria como la que tiene pendiente aquí, al norte de Europa. ¿O acaso no es Henrico el Barbarroja de occidente?

—La voluntad del emperador es clara.

—Su victoria en La Goleta me ha alegrado mucho, tanto como me entristece que no haya puesto remedio a mis desventuras ni a las dificultades de mi hija.

—El emperador os tiene siempre en sus pensamientos.

—Entiendo que no ha recibido ninguna de mis cartas. Si no he tenido respuesta es que deben haberlas interceptado antes de que llegaran a puerto.

—Es probable, incluso si hubieran conseguido salir de Inglaterra, aún tendrían que atravesar grandes distancias. De la Goleta de Túnez, el emperador viajó a Sicilia y, desde allí, a Nápoles.

—Si está en Nápoles podrá reunirse con el papa muy pronto para presentarle mi causa. ¿Y vuestras cartas cifradas? Siempre encuentran forma de llegar a sus manos.

—Con toda seguridad, igual que me han alcanzado a mí sus respuestas.

—Y en ellas... ¿el emperador habla de mí? ¿Hace alguna promesa?

—El emperador hace todo lo posible, teniendo en cuenta la dificultad de esta empresa.

—Hay pocas cosas imposibles para su imperio. La ayuda del emperador tarda.

—Madame, piense que su demora no ha estado vacía de razones. Ese tiempo nos ha hecho ganar ciertas ventajas. El rey de Francia, que antes daba su favor a Henrico, ahora le da la espalda y en Roma, desde el martirio de Fisher y More, buscan remedio a este gran cisma. Así que la ilegalidad de vuestro divorcio ya no es la única causa para excomulgar al rey de Inglaterra.

—¿Excomulgarlo?

—Eso dicen. Es el único castigo que puede hacerle reconsiderar su herejía. Yo mismo le he asegurado en numerosas ocasiones que no es demasiado tarde para que Roma perdone el daño que ha causado hasta ahora, siempre que se retracte.

Bajo las explicaciones y las cuestiones de Estado, bajo las palabras que no pueden remediar nada, Katherina ve de nuevo el rostro de un amigo al que puede hablar con confianza.

—Temo que la carta que envié en octubre haya incomodado a Roma. Me quejaba de no saber quién es mayor culpable, si el rey de Inglaterra por martirizar a las personas más santas de este país, o el mismo papa, por no poner remedio a la maldad que el demonio siembra en estas tierras.

—Roma es piadosa.

—Solo espero que allí no piensen que la idea de morir como Fisher o More pueda ser un consuelo para mi persona porque, incluso si mi muerte fuera como la de esos dos los mártires, en vida no he podido imitarlos.

—Madame…

—También sufren mucho otras personas. Hombres y mujeres buenos que han perdido todo lo que tenían, que son encarcelados o se ven forzados a huir del país.

—Lo que pierdan por defenderos a vos y a la fe verdadera será siempre admirable. Un tributo a ojos del emperador y de Roma. Una ofrenda al cielo.

—¿Y como serán recompensados? ¿Deberían albergar alguna esperanza de justicia en esta vida? Podéis ir a la capilla y ver el altar con vuestros propios ojos. Ya no quedan imágenes en él, se han llevado el cáliz de plata, lo han saqueado todo. Es lo que sucede a lo largo y ancho de este reino. Los hombres poderosos que lo consienten también son culpables. Los que se han quedado y guardan silencio, los que se han marchado lejos. Ellos también han obrado cosas terribles con el silencio de sus manos.

—Madame, he escrito muchas veces al emperador. He intentado persuadirle de que emprenda hostilidades contra Inglaterra cuanto antes. Teniendo en cuenta la mala administración de este reino, no podría resultar una campaña difícil, ni cara en exceso…

El físico y el confesor de la Reina entran juntos a la estancia. Se mueven como dos espectros rezagados de una corte pretérita. Tienen la costumbre de ir juntos, se acompañan el uno al otro para conferirse cierto aire de importancia, para no olvidar los recuerdos que comparten, los rangos que ostentaban en el pasado, la comodidad con la que han vivido. En sus ropas gastadas, en sus rostros afilados por el hambre, queda muy poco de las vidas privilegiada que tuvieron. Pero son hombres leales que se esfuerzan por contener la incertidumbre. No se perdonarían el más mínimo intento de progresar entre los nuevos consejeros, entre los enviados del rey que ahora gobiernan la casa. Nunca se mezclarían con el nuevo séquito de Katherina. Solo tratan con el apotecario, el tercer espectro de la antigua corte que debe estar preparando la cocción del día. Ninguno de los tres dudaría en apoyar una guerra contra Inglaterra, pero ni delante de los hombres más leales, con más hambre y con menos futuro, es aconsejable seguir hablando de una posible campaña contra el rey de Inglaterra.

Willoughby y Chapuys reciben en silencio a los eruditos. Ellos les saludan como si no merecieran su confianza, se acercan a la enferma y piden que les dejen a solas con la reina para examinarla.

VII.

Martes, 4 de enero de 1536

El dolor atrapa al cuerpo en una frecuencia aguda. La nota vibra de modo sostenido por todo el organismo pero éste tiene sus ritmos propios y produce oscilaciones y pulsos nuevos para oponerse a cualquier fuerza que descompense su equilibrio. Cuando el dolor, por fin, cesa, le abre paso a un placer intenso que no es más que sus antípodas, el estado opuesto al sufrimiento, y el cuerpo queda suspendido en una especie de éxtasis que sólo conocen quienes también han conocido el dolor extremo. La mayoría de los seres humanos sólo descubre esta especie de placer hacia el final de su vida, cuando ya es demasiado tarde para apreciar los poderes extremos de su cuerpo o para aprender a gobernarlos, como si la muerte quisiera mostrarles todas las capacidades con las que han nacido y no han sabido vivir antes de agotar su tiempo. Katherina dedica estos momentos de alivio a la oración, por si las pausas del dolor, más que pericia de su cuerpo, pudieran ser intervenciones divinas que responden a sus rezos.

—¿Cómo empezó y cuando?

Lady W. abre las ventanas contra la mañana, busca el aire limpio del comienzo del día y, a la vez, busca luz con sus preguntas.

—Me dieron de beber una cerveza traída de Gales y, desde entonces, el estómago no ha dejado de dolerme ni he recuperado el apetito.

—Hoy les pediré que hiervan bayas de ajenjo, que

traigan el caldero entero y, en cuanto haya un poco de mejoría, iremos juntas a la capilla.

El aire de enero limpia los restos de noche. La oscuridad ha discurrido por todas las horas sin luz como una mala consejera que contradice su velo negro con la agudeza de su mirada. La noche ve todo y lo descubre todo, pero horas más tarde, sobre la bruma matinal, sólo hay invierno, un cielo encapotado y ambiguo. Un horizonte indefinido.

Katherina se incorpora, está inquieta, remueve las mantas y las pieles de su cama, expone su cuerpo al frío. Bajo la camisa larga, Lady W puede apreciar su anatomía vencida, su pecho y su vientre cóncavos, las piernas y los brazos casi extinguidos. Podría levantarla con sus brazos y llevársela de allí sin ayuda de nadie.

—Mira este cuerpo. ¿A quién ha servido? Me ha valido y me ha acompañado durante medio siglo de vida. Ha sido, ante todo, abnegación y servicio. Ha vivido conmigo hasta ahora y yo he vivido en él, pero pocas veces me ha premiado con mis propios deseos. A veces, he sentido que le pertenecía a otros más que a mí misma. No sé si como artefacto de una voluntad divina, tal y como nos han enseñado, o como objeto de quienes han dispuesto de él en todos sus estados diferentes, a cada una de sus edades. Sólo ahora empiezo a sospechar que todo este tiempo, en realidad, no era más que una máquina natural, sin gobierno. Un organismo imposible de domar que ha engañado a todos los que han intentado dominarlo con una obediencia aparente pues, en realidad, este cuerpo ha hecho sólo lo que ha querido hacer o lo que le dictaba su propia naturaleza.

—Todas las cosas que ha dado…

—Las cosas que no ha podido dar, al final, han sido las que han decidido su suerte.

—Un heredero varón para el trono de Inglaterra.

—Uno que sobreviviera.

—El dolor del rey era infinito. Todo el reino lloraba por el infante…

—¿Y ahora? Aquellos que lloraban, ¿amarán a mi hija?

—Todos la quieren bien y es tan digna del trono de Inglaterra como lo hubiera sido su hermano varón.

—Pero eso era lo que todos esperaban y lo único que este cuerpo no ha querido darles.

—Les ha dado una cabeza firme, inteligente que bien merece la corona y hasta una victoria en el campo de batalla contra el rey de Escocia como la de su madre. El suyo será un reinado largo, con una mujer valiente al frente, capaz de medirse contra cualquier otro reino.

—Pero no he sabido hacer que un hombre se transfigurara en otro hombre y, ahora que saben definitivamente que este cuerpo nunca servirá para ese cometido, lo apartan, lo desechan como si fuera un despojo.

—Un hombre transfigurado en otro, así es. ¿Y por qué recae en nosotras obrar semejante milagro?

—Y lo que nace de una mujer, ¿forzosamente tendrá que ser más de la mujer que del hombre?

—Forzosamente. Y ése es el germen de todos sus temores.

—¿Y si con el amor sólo buscaran eso? Perpetuarse a sí mismos.

—Esa siempre ha sido mi sospecha.

—¿Y si este cuerpo nuestro con sus adornos físicos,

ya sean tiernos o tardíos, no estuviera hecho para sufrir las esperanzas ajenas?

—Por eso ha decidido librarse de su peor gobernanta, la que más lo ha castigado, quien peor lo ha tratado que soy yo misma.

—No es cierto.

—¿Cúal es ahora su cometido? Sostenerme. Sostener a un pájaro que busca una rama en la que posarse mientras siente que el único lugar en el que puede descansar no está en la tierra.

—Si nuestros cuerpos sirven para conducirnos a la virtud, a la bondad y la belleza. Sin son capaces de vivir en una adoración perpetua de las maravillas y los milagros que nos rodean, entonces, la perfección natural de una mujer debe bastar para entender por qué existe ella y para qué sirve su vida.

—¿Y el dolor?

—Ocupa el cuerpo cuando ha sido desviado de su estado natural. El dolor sólo puede ser signo de la deriva que inflige en él otras voluntades, del extravío que sufre, la verdadera enfermedad.

—Si es así, enderezando su extravío puede el cuerpo sanar y el dolor disminuir.

Lady W se acerca a Katherina, le frota las piernas con las manos, le ayuda a sentarse al borde de la cama.

—Los pies tienen memoria, igual que el corazón y que las manos. Anda conmigo hasta la ventana para que todos las partes del cuerpo recuerden sus costumbres al mismo tiempo que el sol se levanta.

—Los pies tienen memoria pero no tienen fuerza.

—La fuerza sale del alma y el alma se inflama con el

pensamiento. Unos pasos ahora, hasta esa ventana. Piensa en Marye, recuerda su cara y lo mucho que te necesita todavía. Más tarde, beberemos y comeremos y de la comida también saldrán fuerzas nuevas.

La mañana que cabe dentro de la ventana ha cambiado. Las brumas bajas que acusan el peso del invierno se dispersan. Ya no ocultan el prado que separa los confines de Kimbolton del bosque que lo rodea. Lady W desconoce si existe un camino para atravesarlo, si detrás del bosque habrá un pueblo o alguna otra casa. No queda mucha distancia abierta a la vista, sólo algunas oquedades de luz donde debería haber cielo.

Willoughby sostiene a Katherina. Le estrecha la mano para llegar a la ventana y, entonces, comprueba que incluso el esfuerzo de unos pasos o la claridad tímida de la luz que entra por la ventana son un ataque al cuerpo de su amiga. Ella dice que prefiere mirar afuera sin acercarse tanto a la ventana, bajo el dosel que parapeta su cama, pero luego consiguen dar unos pasos más y Katherina se aferra a ella y busca el frío. Respirarlo es una sensación intensa e inequívoca. Sólo puede provenir del presente, de un cuerpo con vida.

—Si viniera el físico y nos viera ahora, diría que esta humedad es muy dañina.

—Cada vez quedan menos cosas que puedan hacerme daño.

Cuando el sol agota su punto más alto en el cielo y comienza a caer por su arco, el día se desenmascara como una promesa prematura. Es entonces cuando todo su potencial se pierde en las luces que declinan tras del mediodía.

Chapuys vuelve al lado de su reina. No ha conseguido zafarse del enviado de Cromwell en toda la mañana pero después de acabar las sobras del avituallamiento que compartieron durante el viaje y de beber demasiada cerveza —la única fuente de sustento que parece abundar en Kimbolton— le ha dejado dormido en las cocinas. Encuentra a Katherina sentada en la cama. La antigua reina se peina mientras Willoughby la observa satisfecha. No aparta la mirada de ella ni un momento, como una guardiana que vela constantemente los humores de su cuerpo. A Chapuys le alegra lo que ve.

—Yo sabía que la mejoría estaba cerca.

—La llegada de mis amigos la ha precipitado.

—¿Y los dolores?

—Se han *ameliorado* y mis pensamientos discurren más claros.

—Ha comido un poco de pan esta mañana y su cuerpo no lo ha rechazado.

—El rostro de Madame es todo lo que necesito ver para saber que está fuera de peligro. Tan pronto como regrese a Londres haré lo posible para que esta buena noticia alcance a Marye. Enviaré un mensajero a Hatfield para que sepa que su madre se recupera. Ahora, viendo vuestra mejoría, quizá no convenga que yo abuse del permiso que el rey me ha dado para venir aquí.

—Es cierto que en Londres podréis hacer más por mí y por Marye. Debéis regresar. Yo tengo a Willoughby. Pero antes de nuestra despedida, sólo una cosa.

—Cualquiera que sea.

—Algo que no me he atrevido a preguntarle a mi confesor, que siendo un hombre de la fe antigua y verdadera, desconoce las nuevas ideas que se extienden más allá de estas fronteras, y vos Chapuys, además de ser un hombre de estado, sois un buen amigo mío de quien espero oír la verdad.

—Preguntadme lo que queráis, Madame. Sin celo ni miedo.

—Estas nuevas herejías, de las que había oído hablar en los últimos años. ¿Soy yo la causa de ellas?

—¿Cómo podría ser eso?

—La enemistad entre Londres y Roma, ¿acaso no ha comenzado debida al divorcio que el rey quiere obtener de mí?

—No, esto no es así, de ninguna manera. Hace años que las herejías de Lutero y la biblia de Tyndale circulan por Inglaterra. El rey no ha hecho más que aprovechar la corriente de un manantial pestilente que ya se había abierto paso por sus dominios.

—Y con su rechazo hacia mí no hace sino ensanchar su cauce.

—Madame, no olvidéis algo muy importante, dios mismo dispone todas estas iniquidades, porque debe haber en el mundo herejías y calumnias para la propia exaltación del bien y para poder delatar con ellas a los malvados, que salen flotando a la superficie como peces muertos.

—Esas son cuestiones para los maestros. Lo que yo temo es ser la causa de tanto sufrimiento y de tantos pecados.

—Madame, eso es del todo imposible y estas herejías no han arraigado aquí con tanta fuerza como lo han hecho en otros países. Pueden ser remediadas en muy poco tiempo.

—Eso es cierto.

—Y todos los que han sido engañados con esas ideas y los que pretenden haberse convertido a la nueva fe y a la nueva iglesia serán después los más firmes a la hora de rechazar la mentira. Cuanta más sea la pasión con la que hayan pecado mayor será el fervor con el que desdecirán sus ofensas.

—Vuestras palabras me tranquilizan, son un gran alivio. Despejan una culpa muy grande que pesaba sobre mi conciencia. Esta era mi preocupación más grande y ahora tengo un motivo más para darle las gracias a un buen amigo a quien tendré siempre en mis plegarias, pues no tengo otra recompensa con la que obsequiaros.

VIII.

Miércoles, 5 de enero de 1536

Cuando el sueño por fin encuentra a Katherina, Willoughby la deja en su cámara con su dama más joven. No puede contemplar todas las horas de Kimbolton quedándose quieta. En un lugar tan vacío, desde un invierno tan profundo que equivoca las tardes con las mañanas, ¿qué puede hacer ella? ¿Cómo encontrar alguna forma de cultivar el tiempo para avanzar la causa de la reina, que es la suya también? Recorre los pasillos en un intento de abarcar y comprender la forma que tiene la planta completa del castillo. Busca alguna perspectiva que le muestre todos los ángulos de Kimbolton, que le permita inferir sus verdaderas dimensiones. Quiere comprender su volumen como morada o como prisión, pero los espacios que recorre no la dejan orientarse. Hay corredores que se comunican entre sí y desembocan en galerías vacías. Las únicas ventanas que encuentra son angostas y recortan una vista parcial del exterior o del patio de armas. Muros uniformes, secciones de patio sin ningún objeto que proyecte sombra en ellas. El castillo no se deja observar como un ente completo y desconoce dónde estará su centro. Willoughby busca la escalera de la única torre, recuerda haberla visto al llegar, si no la ha imaginado. Desde lo alto, ella podría ver sin ser vista. Comprobar hasta dónde alcanzan los confines del Kimbolton, el grosor de sus muros, las fuerzas con las que domina el terreno y todos los volúmenes que caben dentro.

En sus deambulaciones, elude a las otras personas que habitan el castillo. También son residentes temporales, como ella. Saben cosas de las que no hablan. Aparte del físico, del apotecario y del confesor, Willoughby sólo trata con la doncella más joven del nuevo séquito de Katherina. A su llegada, apenas se atrevía a contestar a sus preguntas pero ha conseguido ganarse su confianza contándole cosas de Londres, dibujando con palabras las maravillas del palacio de Plasentia, las costumbres de una dama de la corte que conoce bien la capital, que viaja sola y que sabe hablar otras lenguas.

A cambio, la joven le ha contado que en el mercado de St Neots, un pueblo cercano, la gente sigue llamando reina a Katherina mientras intercambian coles y calabazas que bien podrían ser sus cabezas separadas de sus cuerpos. Desobedecen las órdenes de Greenwich y dicen que el rey es el mismo demonio, que anda medio suelto y medio atado. A nadie le gusta el edicto que despoja a Katherina de su título, ni el divorcio, a nadie le gusta lo que está pasando en nombre de la fe nueva. Hablan de la muerte violenta de los Cartujanos de Charterhouse y, en el mercado, hay mujeres biliosas que repiten con fruición cada una de las fases de su martirio: colgados, eviscerados, descuartizados. Mientras le cuenta esto, siente miedo de sus propias palabras.

Es la única dama en la que pude confiar porque es demasiado joven para cumplir lo que se espera de ella. Pretenden que sirva a Katherina sin caer en sus afectos, como hacen las otras damas con nombre y rango que la acompañan desde que la apartaron de Londres. La atienden con manos pausadas, con una solemnidad que camufla el vacío de sus miradas. Sus ojos y sus manos obran con ligereza porque, en realidad, sólo están esperando.

Aguardan la cosa que nunca mentan en voz alta.

Por eso, cada vez que sale del cuarto de la reina, Willoughby se hace invisible. No le resulta difícil en una casa con un dueño ausente y unos habitantes temporales, en una fortaleza que no se deja conocer por forasteros, entre invitados indeseados y siervos impacientes. Los brutos de Cromwell no han vuelto a mostrar interés por ella. La subestiman y confunden la valentía que le ha conducido hasta allí con una especie de comadreo. La fragilidad de Katherina les hace sentirse fuertes, tienen la seguridad de que su visita será inútil, de que su estancia allí no será demasiado larga.

El sonido de unos pasos irrumpe en sus pensamientos. Debería esconderse, pero ya siente que su cuerpo se ha confundido con la piedra del suelo, con la longitud mortecina del pasillo y con el aire gélido de Kimbolton. Ninguna ocultación es necesaria. Es el embajador, Chapuys, que intenta alcanzarla. Un amigo hasta donde ella llega a ver. Sus pasos rápidos contradicen el exceso de cortesía con el que se presenta ante ella. Es extraño saludar a una dama mientras se la persigue.

—¿La reina? —El embajador siempre elige sus palabras con cuidado—. ¿Duerme?

—Sí, la he dejado dormida y su salud sigue mejorando, más incluso que ayer. Después del primer sueño tomó pan y caldo. Dijo que ya no sentía dolores en el estómago y no tardó mucho en volver a dormirse.

—Entonces, tenemos esperanza.

—Cuando despierte va a seguir preguntando si el rey recibió el regalo de Navidad que le ha enviado. Quiere saber si él lo ha aceptado. Ha seguido bordando sus camisas de lino con hilo negro de oveja con esas geometrías moriscas que tanto le gustaban antes, todos estos años.

—¿Quién está ahora con ella?

—Su dama más joven.

—¿Qué es de Bedyngfield y Chamberlain?

—Esos brutos juegan a las cartas hasta la madrugada y desayunan cerveza en grandes cantidades, así que duermen hasta bien pasado el mediodía. Sé guardarme de ellos.

—Dicen que vuestra licencia no llegó de Greenwich.

—Pueden que digan eso, pero no tienen valor para comprobar si se perdió por el camino o si nunca fue enviada, porque si ese fuera el caso, ha sido bajo su cuidado que yo he entrado aquí sin licencia hasta la misma alcoba de la reina. Un hecho del que prefieren no hablar porque las palabras sólo podrían confirmar su negligencia. Por eso no vienen a buscarme ni me han pedido más explicaciones, pero eso no importa, lo que importa es ella y el motivo por el que he venido. Desde mi llegada, no he hecho otra cosa que intentar convencerla.

—¿Convencerla?

—¿No nos trae aquí la misma intención? Ahora, con vuestra ayuda, que es la misma mano del emperador, podremos cruzar el mar. Devolverla a un reino amigo, a cualquier otro lugar que no sea esta isla. A ella y a su hija.

Chapuys guarda silencio. No quiere delatarse como un amigo carente de ambición, como un enviado que trae palabras de aliento sin nada más que ofrecer. Le gustaría declarar su lealtad inamovible, prometerle una guerra inminente entre Inglaterra y el Sacro Imperio Romano Germánico, una excomunión, pero el destino de la antigua reina se dibuja con más claridad a cada hora que pasa.

Entre los muros de una casa extraña, apartada de la corte, Katherina se ha convertido en una singularidad. Su misma existencia se hace inverosímil. Esposa, viuda, reina, extranjera, madre de una heredera al trono que ahora es ilegítima. Le hablaría a Willoughby de las tareas imposibles que se suelen cantar en los romances, como coser una camisa de holanda sin puntada ni hilo, o encontrar un acre de tierra entre el mar salado y el margen del agua, pero no necesitan más imagen que la que ambos tienen delante para entender esta realidad extraña. La amiga que los dos aman se ha convertido en una imposibilidad.

—Su salud sigue mejorando. Eso dice el físico. La ha visto esta mañana y ha dicho que está fuera de peligro.

—Si es así, me despediré de ella y volveré a Londres. En la capital, podemos avanzar su causa. Estoy decidido a poner a prueba mi influencia con o sin la mano del emperador.

—Siendo de su propia sangre, siendo el hijo de su hermana Juana, ¿cómo no ha intercedido por ella?

—Se lo he suplicado en varias cartas que él ha contestado con bellas palabras.

—El emperador es poderoso, pero viendo cómo trata a su propia madre quizás no debamos tener muchas esperanzas.

—Le envié a mi secretario en persona, con la petición urgente de asistir a Madame y a su hija, y a tantas personas de este país que esperan algún remedio. Le he rogado muchas veces y de muchas maneras, le he descrito nuestra desesperación lo mejor que he podido. Nunca he medido mis palabras.

—No veo futuro que no pase por su mano. ¿Y ya nadie mira hacia Roma?

—Roma está muy lejos de aquí y tiene sus propias causas por resolver. Llegan noticias pero las cosas tardan. Hoy mismo me despediré de la reina y volveré a Greenwich para hablarle al rey del regreso del emperador desde su victoria en La Goleta. Ensalzaré el gran poder con el que ha vencido allí en nombre de la fe verdadera. También le recordaré el gran afecto que le une a su tía Katherina.

IX.

El día trae sueños que se cruzan con la luz y en el brillo deforme de las ventanas despuntan espectros plateados. Si nada los ahuyenta antes de que el sol cobre altura, acaban formando escenas parciales que dominan la tarde y siguen temblando, persistentes, sobre las últimas horas de luz. Ella no sabe si proceden del futuro o si vienen del pasado y es entonces cuando el miedo visita a Katherina.

Ha visto cómo destruían Walshingham. Los soldados, como una marabunta, asaltaban el santuario. Antes, sus oficiales les habían hecho beber vino y cerveza, porque sabían que sólo estando borrachos podrían cumplir las órdenes que les habían dado. La mezquindad más baja, un trabajo propio de vándalos, no de los soldados de un rey. Primero, desengastaban las piedras preciosas de los retablos con sus dagas y, entre todos ellos, sólo había un hombre que se atreviera a nombrarlas. Las iba anunciando en voz alta para que el escribiente apuntara cada uno de los tesoros, pero, en su ignorancia, las equivocaba y llamaba topacio a una esmeralda, y confundía los granates con los rubíes. Después tenían orden de sacar el oro, la plata y el peltre. Se pasaban los metales de unos a otros y hacían bromas miserables para adivinar su peso. «Esto pesa más que la cabeza de la Dama Loca de Kent». Cuando habían acabado con las piedras y con los metales, el oficial dio orden de retirar la imagen del altar. La talla de madera de la señora de Walshingham. Todos habían esquivado su mirada. Hasta los más borrachos temían tocarla. Tenían órdenes de llevarla a Londres para quemarla en público como habían quemado tantas otra tallas procedentes de iglesias y monasterios, pero todos evitaban sus mirada serena, su piel blanca y sonrosada de madera pintada, su gesto de amor hacia el niño que sostenía en los brazos. Solo la luz divina podía haberle dado tal aspecto de vida a la madera y hasta el más ignorante podía ver belleza en ella. El perfume de los lirios blancos, la bondad que envolvía el aire que rodeaba a la talla, era así como Katherina la recuerda. Al final de su sueño, el oficial más cruel la envolvía en sus brazos, la levantaba y la sacaba del santuario. Cuando ya sólo quedaban las paredes y el techo, los prendían fuego. Al principio, el santuario resistía, pero las llamas acaban engullendo todo. Quienes estaban allí y vieron arder el lugar santo de peregrinación más famoso de Inglaterra, contarían luego que oyeron el llanto de Lady Richeldis en el chirrido de la resina y que el estrépito de los nudos de la madera al estallar era tan fuerte que temieron haberse condenado. La casa que Richeldis había soñado ardió hasta que sólo quedó de ella una forma negra y humeante sobre la tierra. Pero, en el sueño que Katherina le cuenta a Willoughby, sabe que el suelo quemado seguirá siendo sagrado, incluso cuando los restos de la casa hayan desaparecido.

—Ese sueño no puede hacerse real. Washilgham es el Nazaret de occidente, miles de almas hacen su peregrinación hasta allí cada año. Nadie se atreverá a tocarlo.

—La locura puede darle a un hombre un poder sin medida.

—Pero incluso la locura conoce el origen de su poder y lo respeta.

—Si el origen de la locura también es divino, ¿por qué me trae estas visiones?

—No son visiones, son sueños de la enfermedad que al salir del cuerpo intenta volver a confundirlo en sus maldades.

—Volvía a vivir como antes. En mi sueño, tenía otro cuerpo. Podía levantar el peso de mis ropas, con todo mi espíritu y sentía que mi corazón estaba entero. Ahora me da miedo morir en este cuerpo derrotado sin haber llevado una vida ejemplar como la de los mártires.

—El miedo es un mal consejero, pero los corazones limpios siempre encuentran la forma de vencerlo.

Lady W le ayuda a sentarse en la cama. Katherina pide agua para lavarse la cara, su cepillo para el pelo. Chapuys entra en la cámara.

—He soñado que Walshingham se quemaba.

—Los sueños de una reina no son como los sueños de sus súbditos.

Lady W interviene antes de que Chapuys convierta un mal sueño en una profecía.

—Eran los restos de la fiebre, los últimos intentos de la enfermedad por confundir el alma.

—Entonces, sin duda, esos intentos han sido en vano y el diamante más precioso de Inglaterra sigue brillando sin que nada pueda oscurecerlo. —Chapuys besa la mano de Katherina—. Volveré a Londres hoy mismo. Al rey, le pediré la nueva casa que os ha prometido y escribiré al emperador de inmediato, para que las hostilidades contra Inglaterra comiencen cuanto antes. Podéis estar tranquilas, viajaré despacio para que cualquier mensajero pueda alcanzarme por el camino de vuelta si tuviera que regresar a vuestro lado.

X.

La niebla sigue anclada al día y a la noche. A media mañana, aún no ha levantado y a primera hora de la tarde, acelera el momento en el que el sol termina de ocultarse. Los manzanos y los perales duermen en ella y ni siquiera el calor de las antorchas va a despejar su imperio blanco. Como todos los años, la duodécima noche de Navidad, la gente del pueblo sube al manzanal cuando empieza a oscurecer. Vienen a despertar a los árboles. Llegan cantando hasta el campo helado, hacen ruido al golpear sus palos, tambores y cazuelas. Beben todos juntos pasándose el mismo cuenco y luego siguen brindando con sidra caliente al grito de «Wassail» para desearse buena salud los unos a los otros. Mantienen viva la tradición de aporrear los troncos y las ramas de manzanos y perales para que los malos espíritus se suelten de ellos. Le gritan a la niebla y hacen aspavientos con los brazos para ahuyentar a las malas presencias, para sacudir a los árboles de su letargo. No van a dejar que el invierno los arrastre hacia la capa de frío más profunda. Ésa que se acerca al umbral en el que mueren las cosas. Encharcan las raíces con sidra para reponer el alimento que los árboles les han dado ese año. Cuelgan pedazos de pan en las ramas, de ellas comerán los petirrojos, que son los mensajeros de todo lo que renace, de todo lo que tiene una querencia natural de aferrarse a la vida.

Más tarde, cuando la sidra se acabe, irán andando hacia las casas más notables del pueblo cantando las mismas canciones, llevando sus buenos deseos. Pedirán salud y abundancia para quienes viven en ellas y, en agradecimiento, las puertas se abrirán para ofrecerles dulces, cerveza y lamasool[3]. Los más jóvenes de cada familia se unirán a ellos, puede que sepan tocar algún instrumento musical. Todos serán bienvenidos allá donde vayan, en todas las casas menos en una, este año, la más notable del pueblo. Saben que no deben rondar la fortaleza de piedra en la que convalece una mujer extranjera que fue reina. Una mujer de otro tiempo a la que nadie ha visto. Sólo han oído hablar de ella. Algunos han visto a quienes la guardan, entrando y saliendo de allí, comprando leche en el pueblo. Algunos dicen que deberían ir a Kimbolton porque está enferma. Dicen que nadie lo ha prohibido expresamente y que siempre pueden dar la vuelta si no son bien recibidos. ¿Y si enviaran a los niños? Podrían desearle alegría y buena salud. Pero los niños no quieren subir hasta el castillo, tienen miedo. Empiezan a quejarse del frío y no quieren comer más manzanas. Otros dicen que no hay nada de provecho en esa casa. Los días de mercado, nadie lo aprovisiona y apenas sale humo de las chimeneas. Al fin se ponen todos de acuerdo en rezar por ella. Prometen que la nombrarán en sus oraciones, pedirán que se reponga pronto, que recobre su salud igual que los manzanos en primavera, cuando se llenan de brotes y flores. Algunos piensan que pedirán también por la antigua fe, pero no expresan sus deseos de que vuelva a ser restituida en voz alta. La recordarán en sus plegarias pero no esta noche. Esta noche brindarán con sidra y volverán a sus canciones para separar las cosas vivas de la naturaleza del letargo invernal, para espantar el frío, porque no es costumbre rezar por cosas solemnes ni pensar en la muerte por noche de reyes.

---

3. Sidra caliente y especiada servida con huevos batidos y manzana.

XI.

6 de enero de 1536

La mañana de Epifanía, el sol alcanza un punto más alto en el cielo que el día anterior como hace cada mañana después del solsticio de invierno. Rebasa un estanque de nubes que lleva días ahogando la luz y, así, descubre toda la altura de la cúpula diurna. Por unos momentos, la magnitud que toma el firmamento empieza a parecerse a una promesa, pero Willoughby conoce la impermanencia de las horas solares en esa época del año y sabe que aún les separa un tiempo muy largo de la primavera. Ella desconfía de este sol de enero que trae enfriamientos y enfermedades a quienes se dejan acariciar por su luz. Ese no debe ser el caso del confesor, que ha entrado en la habitación gozoso y saluda a Katherina con una gran sonrisa: *¡Hagia photos!*

Sobre la mesa, un pequeño tríptico de hueso tallado muestra escenas del nacimiento, la vida y la muerte de Jesús. A su lado, su libro de horas de los hermanos Hardouin está abierto por el salmo penitencial de David y Betsabé. Si la luz del sol es la misma para todos los reyes y para todos los súbditos, quizá este sol le muestre a Henrico la fealdad y la belleza verdaderas, la bondad y maldad, el pecado más lóbrego y la virtud más cristalina, pero Willoughby sospecha que, aunque el día haya amanecido igual de luminoso en Londres, cada par de ojos que recibe las bondades celestes de esta luz las interpreta con intenciones diferentes. Cada cual elige lo que quiere mirar, lo que no desea ver y, sin poder ver el mundo a través de los ojos de Henrico, como no puede hacer ningún hombre ni ninguna mujer en la Tierra, da gracias de que sus propios ojos le sirvan aún para diferenciar las cosas malas de las cosas buenas. Se pregunta sobra las capacidades con las que ella cuenta. ¿Hasta dónde alcanza a ver? ¿Puede estar segura de que su mirada es sincera?

En los pliegues blancos de las sábanas y de los camisones, la pureza se consigue con esfuerzo. El trabajo de las mujeres que hierven las ropa de la antigua reina es penoso. Las ha visto frotar con empeño. No es lo mismo una prenda lavada con devoción que una prenda lavada con tedio y desagrado. La empresa de las lavanderas es del todo imposible, despejar la suciedad, la enfermedad, la inmundicia que traemos al mundo. Willoughby pide agua caliente. Mientras espera a que la traigan, peina el cabello de Katherina con paciencia, hincando la peina hasta la raíz, deshaciendo con delicadeza los mechones de pelo que se han enmarañado. Si le hace daño, se quejará y ella le aplicará su loción de mirto y esclarea para calmar el cuero cabelludo, como siempre ha hecho. En estas costumbres encuentran sosiego. Cuando llega el agua, le lava la cara y las manos con su paño de muselina más preciado. ¿Me vestirás hoy?, pregunta Katherina.

Todos celebran esta petición. El confesor no espera a la hora Sexta para dar gracias con sus plegarias. El físico exige que, antes de incorporarla, le den la tisana de ajenjo que tiene preparada y que coma un bocado de pan blanco para comprobar si ya retiene el alimento. Las damas se agrupan en torno a Katherina. Le prestan manos, brazos, palabras de aliento. Una de ellas corre a las cocinas. Cuando regresa, proclama que no queda *pan manchet*. Trae entre las manos un pedazo de *Carter's bread* que Katherina prueba de buen grado. Todos esperan y observan sus gestos, cada uno de sus movimientos.

Willoughby mira por la ventana y comprueba que el sol sigue vertiendo su luz sobre todo lo que les rodea sin ningún auspicio nuevo, sin ninguna incursión meteorológica que pueda engendrar dudas o peligros. No hay viento, ni masas de niebla que vayan a oscurecer el favor de este momento, pero tanta luminosidad parece una trampa. Cuando Katherina se levanta, es como si todo su cuerpo blanco fuera un prisma, como si su presencia concentrara la luz y las esperanzas de quienes rezan por ella, que también rezan por la salvación de Inglaterra.

Al cuerpo blanco, a las ropas blancas, acaban por envolverlos otras ropas. Las prendas ricas y pesadas que ya pertenecen a otra anatomía. Las manos de las damas intentan poner remedio a esta fisonomía fantasma para reconstruir el cuerpo de la antigua reina. Se mueven con destreza y tensan, ciñen, anudan. Entonces, con sus mejores intenciones, fuerzan la aparición de alguien que ha dejado de existir hace tiempo y esto es lo más doloroso para Willoughby. Ver la carcasa, las ropas ridículas, ahora.

Se alegra de que en Kimbolton no haya espejos y le ofrece su brazo a Katherina. La única manera en la que ella podría verse a sí misma es mirándose en los demás. Viéndose reflejada en la expresión que devuelve el rostro del otro. Willoughby se propone mirarla y hablarle como siempre lo ha hecho. No quiere que note el miedo que le produce su aspecto. Evita posar su atención en su cuerpo o en la avidez de su respiración, en ese esfuerzo por contener una esencia que se va sublimando, como si escapara poco a poco de su organismo y se fuera agotando. Willoughby contiene un impulso absurdo que la sobreviene. Quiere taparle la boca, quiere mandar que la venden el cuerpo entero, cubrirla con su capucha para que deje de perder vida. Como si su alma fuera un gas que se entrega al aire con cada exhalación.

Logran dar un paso. Un pie de cristal se adelanta al otro sin ninguna certeza. No hay una dirección clara, sólo importa comprobar que la estructura de huesos y tendones va a resistir el peso y el movimiento. El peso de su cuerpo sobre su brazo. Quiere transmitirle vida. Cederle un poco de su fuerza. Darle un soplo de aliento terrenal, como cuentan los milagros. La puerta de la habitación queda muy lejos, la capilla, al otro lado del corredor parece un país inalcanzable. Los espejos en lo que se miran los vivos han dejado de existir.

—Es mejor que no la veas. Chamberlain y Bedyngfield se han llevado todas las imágenes. Es mejor que no vayamos a la capilla. El cáliz, el ostensorio, lo han robado todo.

—Pero es costumbre por Epifanía…

—Quizás ya no debamos observar las costumbres de nuestros padres, sino las del país en el que vivimos desde hace tantos años. Quizás sea mejor así.

—¿Y también pueden quitarnos esto? —Katerina señala el tríptico de hueso tallado sobre la mesa.

—Dicen que no significa nada, que tiene el mismo valor que las tallas con las que juegan los niños.

—No pueden quitarnos todo. Existen documentos firmados y sellados, hay pruebas de quiénes somos, de cuáles son nuestros derechos aquí, aunque hayamos nacido en otro país. Cualquier persona estudiada puede dar fe de la posición que ostentamos. ¿O además de darle la espalda a Roma le han dado la espalda también a la razón? ¿Cómo pueden despreciar la fe de sus hermanos, la legitimidad de toda Europa, del mundo antiguo y del mundo nuevo?

Willoughby siente que el pavor y la cólera dan vida al cuerpo de Katherina por unos momentos, pero su ira no dura demasiado. Le da fuerza para dar unos pasos por la habitación antes de volver a la cama. Cuando se tranquiliza parece mucho más derrotada. Willoughby le promete que todas sus pertenencias están a salvo y que andarán hasta la puerta, si no más lejos, mañana.

Esa misma noche, Katherina la llama varias veces. Está inquieta y se despierta cada poco tiempo. Quiere saber qué hora es. Willoughby le explica que no hay forma de que puedan averiguar la hora exacta, sólo Chamberlain y Bedyngfield deben guardar un reloj de agua en alguna otra parte de la casa o quizás había un reloj en Kimbolton pero alguien lo ha vendido o se lo ha llevado, porque han dejado de marcar las horas canónicas del día con el toque de campana. Katherina quiere saber cuánto falta hasta el amanecer y Willoughby se levanta para comprobar si hay luz afuera. Empuja el batiente pesado y mira por la ventana.

—Como ahora está oscuro, en cuanto el sol se acerque al otro lado del horizonte notaremos su luz enseguida. Yo me quedo al lado de la ventana, vigilando y en cuanto empiece a amanecer te avisaré. Intenta dormir un poco.

—Quiero oír misa. La iglesia de Saint Andrew's, en el pueblo, marcará la hora cuarta. No dejes que me quede dormida.

Willoughby enciende una vela y se viste con todas las ropas que tiene a su alcance. El frío asola Kimbolton durante las horas de oscuridad. Va a buscar al confesor de la antigua reina, el obispo de Llandaff, a quien encuentra dormido pacíficamente sobre una silla, frente a un fuego que él mismo, el físico, el apotecario y los escasos miembros de la antigua corte mantienen encendido todo el día.

—Venid conmigo, la reina se ha desvelado y parece que quiere comulgar.

—¿A estas horas?

Pero cuando el confesor intenta dar la comunión a Katherina, ella se niega a adelantar la hora a la que debe de celebrarse la misa y cita en latín varias razones por las que no deben celebrar la eucaristía antes de la hora Cuarta.

XII.

7 de enero de 1536

El viernes después de Epifanía, el sol vuelve a sus costumbres cenitales de invierno. La escarcha es precisa. Sobre cada rama, sobre cada filamento de araña, cuaja con exactitud y anticipa que la muerte de cada cosa será indivisible de su forma y de las cualidades que haya tenido en vida.

Las horas siguen perdiendo nitidez como si nada fuera susceptible de cambio, como si todo estuviera hecho de una misma sustancia blanca y espesa. Sólo una respiración se ha alterado entre el final de un día y el principio de otro. El aire atraviesa su cuerpo con excesiva facilidad, sin resistencia. Un soplo demasiado ligero como para infundir fuerza en otra sustancia. Una exhalación, breve, como el golpe de un fuelle sobre una llama. Cuando termina de amanecer, Willoughby intenta incorporarla de la cama, pero Katherina le dice que no con la mirada. Luego, en voz baja, le llama por el nombre original con el que su amiga llegó a Inglaterra: María de Salinas. Ha dicho su nombre completo, con apellido, nada más, como si la contemplara desde cierta distancia. Entonces, Willoughby le levanta la cabeza con almohadas, le da friegas en los brazos y en las manos y busca la sal armonyak entre sus pertenencias para dársela a oler.

—Ve a llamar al físico. No corras por los pasillos, no hagas ni digas nada que pueda alarmar a los demás. Avisa también al confesor de la reina. —Ésas son las instrucciones de Willoughby para la dama más joven.

Cuando se quedan solas, Willoughby se aparta de la

respiración extraña. Recorre la estancia y contempla a su amiga desde todos los ángulos de la habitación. Apenas se la distingue entre las sábanas. Intenta discurrir cuál es la acción que debería acometer a continuación, pero las manos y las piernas le pesan como si fueran de piedra y su mente no logra posarse con sosiego sobre ninguna idea. No sabe cuál es el remedio, esto ha sucedido pocas veces en su vida. Cuando William Willoughby enfermó en su casa de Parham, ella ya imaginaba las intenciones de Sir Christopher, su hermano: tomar el control de todas sus propiedades. Una mujer extranjera era un blanco fácil para hacerse con el patrimonio de una familia bien situada que se había ampliado con la gratitud y los años de amistad que tuvieron con Henrico y Katherina. Así que ella no dijo nada de la enfermedad de su marido y, cuando él murió, mantuvo a su hermano alejado de la casa y no le mandó noticia para que asistiera al funeral. Durante años, Christopher luchó para hacerse con todo lo que era suyo. Le acusaba de romper los sellos del cofre que guardaba el testamento de William y de ocultarlo; de despojar Parham de todos los objetos de valor, pero ella sabía manejar las leyes y los papeles y la única contestación que le daba era que buscara en los archivos de la Torre de Londres o donde creyera que podía encontrar las pruebas de todos los títulos que reclamaba. También contó con la ayuda de Katherina que ordenó al cardenal escribir a Sir Christopher para prohibirle que entrara en la casa de Parham o que se acercara a sus otras propiedades y a sus tierras de Fulstow. Sir Christopher siguió acusándola durante años de desobedecer los decretos que él había obtenido de la cancillería y de la Star Chamber, de haber expoliado la casa de su familia, de haber talado los bosques que la rodeaban y de sacrificar a todas las presas de caza de sus tierras, cosas que Willoughby hubiera hecho de buen grado si hubiera sido necesario. Había luchado con una voluntad firme y con el viento a favor. No le distrajeron ni el miedo ni el cansancio. El enemigo era fuerte, pero menos constante que el empeño con el que ella se había aferrado a su idea de justicia. Ahora, los enemigos son mucho más temibles y tienen poderes que son capaces de confundir el instinto. La justicia es sólo es una palabra que cambia de significado según quién recurre a ella.

Willoughby mantiene la distancia que la separa de la cama de Katherina. Ya no se siente con fuerzas para tocarla, no es capaz de acariciar su rostro o agarrarle la mano para reconfortarla. Siente un cambio en el estado de la materia. Como si el cuerpo ya no estuviera de acuerdo con sus humores y se acercara el momento de transustantivar los elementos que lo componen. Le sobreviene una náusea leve que le hace respirar por la boca y empezar a hablarle a Katherina en voz alta. Se oye a sí misma contando cosas sobre su casa de Grimsthorpe. Su voz relata que en el patio interior ha mandado plantar una higuera traída de Italia y que ha tenido que enseñar a los jardineros cómo deben cuidarla.

—No sabían nada de la poda, de que las hojas te irritan las manos y los brazos si las tocas demasiado, pero, como está contra el muro más soleado del patio, ha crecido en menos tiempo del que yo había imaginado. Hace dos años que ya da fruta. Este verano, cuando vengas conmigo a Grimsthrope, te daré a probar las primeras brevas de la temporada, son las más dulces, las de mayor tamaño.

Escucha sus propias palabras y le parece que es la voz de otra persona. Willoughby piensa que eso es lo que sucede al mentir.

El físico tarda. La dama más joven regresa sin él. ¿Qué puede estar haciendo?

—¿Le has dicho que es urgente? —La joven está tan asustada que no se atreve a decir nada, sólo asiente con la cabeza. No sabe dónde colocarse ni qué hacer para ayudar o al menos, agradar a Willoughby de alguna manera.

Se queda de pie al lado de la cama. Su juventud le molesta. Siente que no tiene lugar en esta escena, que debería ser castigada por mostrarse frente a la reina con sus mejillas tersas y llenas de sangre, sus brazos ágiles, pero delicados, que ahora son perfectamente inservibles. Willoughby le ordenaría que aparte los ojos de la antigua reina, que deje de verter esa mirada tan viva sobre cosas que no pueden reciprocarla, pero, antes de levantar la voz, reconoce que su rencor se arremolina en el lugar equivocado. Toma aire para despejarlo. Le da las gracias por haberle ido a buscar.

Cuando el físico llega, entra en la cámara con una premura rara, como impostada, saluda a las damas con gran efecto y toca la frente de la reina con el dorso de su mano antes de hacer lo mismo con otras partes de su cuerpo. Va a despertarla. Le toma los pulsos. Willoughby se arrepiente de haberle llamado inmediatamente. Sólo va a causarle molestias. Va a escenificar su sapiencia en el cuerpo de una mujer como ha hecho tantas otras veces, para nada, porque los físicos de palacio actúan más para el séquito del enfermo que para el paciente en sí, más para mantener su posición y ganar fama que para curar cualquier enfermedad. Sus conocimientos son limitados y cambian con la disposición de los astros en el cielo cuando se hace evidente que no han funcionado. ¿Qué es el cuerpo de una mujer para ellos? Una máquina milagrosa que no logran comprender. El terreno más fértil para la imprecisión cuando no la crueldad de sus artes y de sus instrumentos. Las emanaciones de sus tónicos y sus cataplasmas son inocuas en el mejor de los casos, cuando no perjudiciales. Y si la antigua reina lleva días con vómitos y se ha quejado de tantos dolores de estómago tras beber una cerveza traída de Gales[4], el físico no ha hecho nada para remediar lo que haya entrado en su cuerpo que de manera sutil ha causado efectos tan malos y visibles para el resto de las personas que no son doctas ni leídas como dice ser él.

Willoughby le pide que respete su descanso.

---

4. «Hallé que Su Alteza en aquellos siete dias antes revesando (sic) siempre y con mucho dolor en el estoumgo; no comia ni dormia sino tan poco que se podia dezir ser nada; y teniala tan consumida y deshecha [la enfermedad] que no podia sostenerse ni en pie ni sentada en la cama.» Carta de Chapuys al Dr. Ortiz, *Calendar of State Papers, Spain Calendar of State Papers*, Spain, Volume 5 Part 2, 1536-1538 Spain: January 1536, 1-20.

XIII.

Willoughby dobla la ropa que ha quedado esparcida por la cámara, ordena todas las tinturas y los perfumes. Dispone los efectos personales de la antigua reina como si fueran a ser utilizados inminentemente, ese mismo día. Los efectos de toda una vida han quedado reducidos a muy pocas cosas y es probable que esos objetos sean repartidos entre los miembros de la corte, que cada cosa sea entregada a un depositario diferente a modo de recuerdo, pero a ella le gustaría conservarlas todas juntas, no dejar que nadie las dividiera.

Unos días antes, Katherina había dado instrucciones al físico. Le había mandado escribir una nota breve para Chapuys con algunas instrucciones muy sencillas que no debían, bajo ninguna circunstancia, hacerse públicas ni ser interpretadas como un testamento. Porque eso era lo que todos hubieran esperado de una reina, un documento completo y solemne, redactado en presencia de varios testigos, que expresara abiertamente sus deseos y cada una de sus voluntades con exactitud, con un listado extenso de gratitudes hacia todas las personas que la amaban y con las que había contraído algún tipo de deuda durante su vida, pero la ley de Inglaterra prohibía que una esposa hiciera testamento mientras viviera su marido y, si ella hubiera mandado redactar tal documento, nadie lo habría interpretado como una desobediencia a la ley inglesa, sino como una aceptación de su condición de viuda. En la corte de Greenwich se hubieran oído risas y música durante días. Todos habrían celebrado que, por fin, ella aceptara su condición verdadera. La idea que Henrico llevaba tanto tiempo queriendo imponerle: que su unión siempre había sido ilegítima, pues al haber consumado el matrimonio con su hermano Arturo, hecho que ella siempre había negado, Katherina nunca había sido la verdadera esposa de Henrico, sino la viuda del difunto rey que había muerto a los quince años, poco tiempo después de desposarse con la princesa española. Ella le sacaba un año de edad. Todo los esfuerzos de Henrico por demostrar que el primer hombre con el que Katherina se había casado, había sido su único marido legítimo, habían acabado apartándole de Roma y haciéndole renunciar a la fe católica, y arrastrando a una nueva fe al país entero.

Dictando un testamento, Katherina hubiera cedido al gran engaño de Greenwich de la forma más cruel, casi de manera inadvertida. La corte entera y el parlamento proclamaría con alegría que por fin había admitido que su matrimonio con Henrico nunca había sido lícito y que su reinado nunca ha existido, como los nuevos jueces llevaban tantos años intentando demostrar frente a Roma, frente a toda Europa.

Katherina había tenido que confiar en sus pocos amigos con unas instrucciones sencillas. Había dictado al físico algunos nombres de personas que le eran fieles a quienes quería dejar una pequeña recompensa, sirvientes que se habían mantenido a su lado durante los peores años, hasta que se les había prohibido. Esperaba que Chapuys pudiera procurar el dinero que ella no tenía. Las pieles y el collar con el crucifijo que llevaba puestos en su primera travesía, cuando llegó de España a Inglaterra, serían para Marye. También quería que sus ropas más ricas fueran despiezadas y convertidas en adornos para la iglesia del convento franciscano donde quería ser enterrada. El físico no había tenido que hacerle esa pregunta, ella había dicho:

—Que me vistan con mi hábito de sarga. La única joya que quiero sobre mi pecho es mi cruz Tau.

Ahora, Willoughby piensa que es muy posible que ni siquiera le concedan las cosas que hay escritas en esa nota aunque ella y Chapuys harán todo lo posible para que observen sus deseos.

El óleo sagrado ha tocado su frente, su pecho y sus manos.

El aroma de los pequeños ramos de ruda y romero que las mujeres secan en las cocinas perfuma la habitación mientras están ardiendo, pero, cuando ya se han secado y sus notas se dispersan, el olor de los humores vaciados domina la estancia. Willoughby pide que traigan madera bien seca del manzanal más cercano para quemar en la chimenea y así sanear el aire. Aún es de día pero sabe que Katherina no va a ver más noches.

—Siéntate a mi lado y repite conmigo esta *orison.*

XIV. *Tránsito.*

Cuando el alma se separa de su cuerpo, todas las criaturas y las materias con las que ha tenido contacto a lo largo de su vida vuelven su atención hacia ella. Es sólo por un momento, el instante en el que el alma emprende los procesos alquímicos propios de la fisiología humana que son los mismo procesos con los que el alma anida en nuestro organismo en el momento en el que nacemos. Es como deshuesar un fruto sin cortar la piel, sin romper la cáscara ni cortar la pulpa.

Mientras tienen lugar estas transformaciones, las esencias de todas las cosas con las que el alma ha tenido contacto durante su vida atienden a sus mutaciones y facilitan o demoran sus procesos.

Al otro lado del mediodía, no se oye el sonido de las aves.

En otra casa, lejos de Kimbolton, el pequeño tití que hace años le trajeron del nuevo mundo, y al que tanto afecto tenía Katherina, ahora divierte a otra dama. En la miniatura que Hornebolte pintó para ella, el monito juega con un crucifijo que cuelga sobre el pecho de la que entonces era reina. Katherina le está ofreciendo una moneda al animal pero él, más sabio que muchos hombres, elige la cruz e ignora el dinero.

—En este retrato quiero que muestres mis manos. Aunque va a ser muy pequeño, no pintes sólo mi cabeza, pinta también mi torso y mis brazos. Quiero recordarle a él que el triunfo de la caridad sobre la avaricia es posible, incluso para un animal pequeño y extraño, traído de otro mundo —había dicho ella.

El fresno más viejo del bosque en el que cazaban juntos abarca una extensión de tiempo que los hombres desconocen. Sólo pueden saber de su permanencia por las historias que se han contado antes, por las versiones de esas historias que han llegado hasta ellos, por lo que se dice de ese árbol o de otro árbol viejo en el pueblo. Nadie tiene motivos para dudar de que su vida es eterna. En el día de su muerte ya hay otra semilla de salix cinerea protegida por un manto de hojas hecho turba. Aguarda otro momento en el futuro que será igual de preciso, el momento en el que germine. Puede ser eternamente distante, abarcar siglos o eras. Puede ser mañana o no llegar nunca. Todo los verdores contenidos y no eclosionados de todas las semillas dormidas en la tierra asisten con mutismo a los tránsitos humanos.

Nunca ha paseado a orillas del río que abastece de agua a Kimbolton, pero los mares que ha conocido en las diferentes edades de su vida, el cauce de cada uno de los ríos que le han dado paz a sus días y las corrientes acuíferas que reptan ocultas bajo todos los lugares en los que ha vivido perpetúan sus cauces y sus mareas pluviales. El discurso del agua, la repetición rítmica del oleaje, dan empuje al alma en estas tareas, porque el agua es una de las pocas fuerzas que sigue moviéndose con agilidad incluso en un día de invierno. Aunque hubiera nevado, el cauce del río seguiría corriendo bajo la capa de hielo.

Ahora, las piedras preciosas de todas las joyas que han adornado su cabeza revelan sus potencias. Alumbran un tránsito que siempre había estado dispuesto para ella, desde el día de su nacimiento, el mismo recorrido que espera a todos los seres que ahora están vivos. Parecen astros ardientes, es como si hubieran contenido su brillo durante todos los años pasados, mientras ella vivía, para poder alentarle ahora con más fuerza. Sus perlas se convierten en luciérnagas y el gran peso de todos los metales nobles que fueron suyos en algún momento genera un campo de fuerza bajo sus pies, sobre su cabeza, a su lado. Una masa de oro, plata, cobre y estaño, aunque parte de su peso ya no le pertenezca y se haya fundido para forjar anillos o coronas que adornan otras cabezas, ahora la sustenta.

Su manto y su tabardo no hablan, están hechos de sustancias que llevan demasiado tiempo unidas a su cuerpo, han existido demasiado cerca de él. Simétricamente, en el reino de los hombres, los deseos de sus seres más allegados son las fuerzas que ejercen la menor influencia en su tránsito. Apenas llegan a rozarla, no podrían sostenerla. Si la voluntad de Henrico no puede arrastrarla ni empujarla hacia el estado al que se dirige, el corazón de Marye la tiene sujeta al mundo con la misma poca fuerza. Es un corazón muy vivo, joven y deseoso, pero no puede retenerla. No es como el corazón de Willoughby que está en guerra, aunque tampoco logre ejercer ninguna influencia decisiva sobre ella. Su amiga quiere aferrarse a todo lo que ama de Katherina, quiere impedir que se desprenda del mundo que han conocido juntas. Siente sus palabras y su rabia en el plano de las cosas que sólo tienen una presencia absoluta en la Tierra. Casi no llegan hasta dónde ella está ahora. Resuenan en la cámara cubierta de paneles de madera, hay espacios que también quieren reternerla. El tiempo imanta el alma a su entorno físico, pero este lugar ya no significa nada para ella y la razón de Willoughby es tan generosa como su corazón. Solo un amor sincero le dará permiso, la libertad necesaria, y la mente despierta de su amiga sabe muy bien que no debe reclamarla.

Sus caballos, su yegua que aún vive, vuelven su atención hacia ella, es sólo un eco en la memoria de un animal. ¿Qué noción pueden tener ellos de nosotros? Una voz, un olor, el peso de un cuerpo.

Todos los barcos que llevaron su nombre y que ya se han perdido: el *Katherine Fortune*, el *Kateryn Galley*, el *Katherine Bark*, despiertan la memoria contenida en la fibra de sus maderas. No es más que una pulsión de tiempo. Las materias inanimadas, las fuerzas vivas y todos los elementos con los que ha tenido contacto durante su vida orientan sus oscilaciones hacia ella. Algunas son débiles, otras rebosan energía y la mecen suavemente con su vibración. Generan un empuje muy sutil que apenas puede percibirse. Y luego, la incertidumbre, el miedo, duran sólo un instante, porque el alma tiende por sí misma al camino por el que se abandonan las sustancias conocidas. Nada de esto es visible para quienes se ocupan en las lágrimas y en los lamentos. Sólo puede percibirse mediante un sentido que los hombres ya no nombran y que han ido abandonando paulatinamente por miedo, por dogma. No hay nada oculto en este proceso, pues el alma tiende siempre hacia su estado más esencial, a retomar la forma en la que ha sido creada, que es su condición más bella y más sencilla.

XV. *La duda del cerero.*

Él nació lejos de los grandes palacios, pero en su casa se contaban historias de la vida de los reyes y era en parte por aquellos relatos que repetían su padre y sus tíos por lo que accedió a aprender el oficio de ellos hasta donde sus habilidades naturales le permitían, aunque tampoco hubiera pensado nunca en dedicarse a otra empresa porque él carecía de imaginación o de medios para otra cosa y aún era un niño cuando empezó en el oficio. Cosa que hubiera podido decirse también de su padre que fue quien le enseñó a él las habilidades necesarias.

La parte que más le costó aprender fue la primera, que era la más molesta y la más fundamental, no porque fuera difícil, sino porque le desagradaba y, a pesar de lo que pudieran pensar quienes miraban lo que hacía mientras lo hacía, el arte de separar el sebo de los huesos y de los restos de carne y fibra debidamente, para aprovechar toda la carcasa del animal, entrañaba cierto nivel de destreza.

Tampoco le gustaba hervir los despieces de las reses durante horas para hacer que la grasa se despegara del momio, y menos, tener que descuartizar la pieza de antemano para trocear los cuartos en pedazos muy menudos. Si, algún día, a su padre se le presentaba la ocasión de comprar un caballo, por bueno que fuera el precio, sufría aún más, porque, si era viejo y nadie había querido su carne, le llevaba un par de días descuartizar el animal entero y el sebo que se extraía al final no era tan abundante para la cantidad de esfuerzo que requería la tarea o, al menos, eso le parecía a él. Y si el caballo había muerto en una batalla lejana y llevaba tiempo buscando comprador, la labor era peor aún y a veces se volvía tan pesarosa que tenía que taparse la nariz y la boca, y perfumarse la cara con algún ungüento que tuviera un olor punzante para poder soportar el hedor de la carne putrefacta.

Prefería otras tareas propias del oficio, y también las tareas derivadas, como hervir el sebo ya separado de la carne y los pellejos, y añadirle sosa para hacer jabón, o hablar con las chicas que venían a pedir las sobras que él iba juntando y, a veces, adornaba con flores o hierbas sin que le vieran.

Su abuelo había sido cerero mayor de palacio años atrás y siempre oía a su padre decir la misma cosa: «La noche es oscura también para los reyes. Sin las velas de sebo de tu abuelo no se hubiera podido alumbrar los palacios y el rey hubiera tenido que irse a dormir cada noche tan pronto como el sol dejara de brillar. Imagina lo que hubiera sido vivir bajo los designios de un rey que no pudiera pensar con claridad en toda la noche ni atender los santos oficios hasta que volviera a amanecer.» Como si nunca hubiera existido ningún otro fabricante de velas de sebo en toda Inglaterra o como si los seres humanos no fueran capaces de pensar sentados frente al fuego, en la oscuridad o incluso con los ojos cerrados.

Tiempo después, cuando llegaron de Ámsterdam algunos fabricantes de velas que usaban cera de abeja, su familia quedó relegada a casas menos notables. La luz de las nuevas velas era mucho más brillante y su cera no hacía tanto humo al arder. Para sorpresa de todos, también se consumían más despacio, por lo que no era necesario cortar la mecha cada pocos minutos para evitar que el sebo empezara a gotear sobre los suelos y las mesas, como era costumbre con las velas de sebo. Todo esto lo había visto él en uno de los monasterios a los que iba a servir vinagre y jabones, pero no quería contárselo a su padre y, como las velas de cera de abeja tenían un precio mucho más elevado que las de sebo, estaba seguro de que su oficio seguiría manteniéndole a él y a su familia hasta el final de sus días. Sólo le había contado a su padre una cosa sobre las velas nuevas, para que fuera a comunicarlo a todos los cereros del Tallow Chandlers Company que, como era comprensible, estaban algo preocupados por esta novedad llegada del continente: «No tienen el olor que conocemos. No huelen a vela, a nuestro olor de siempre que no desagrada a nadie, por fuerte que sea, porque es el olor de la luz misma. El olor natural de la única cosa capaz de despejar las tinieblas.»

Aunque sabía que era una rama muy provechosa del oficio y que alguna vez habían venido a buscar a su padre para aquel menester, él sólo le había visto preparar un cuerpo en una ocasión. Antes de enseñarle cómo se hacía aquello, que no era para todos los difuntos sino para algunos, los pocos cuyas familia podían permitírselo, su padre le había sentado a la mesa para hablar con él de cosas que nunca había mencionado antes. Cosas como la vida y la muerte, y la importancia que tenía embalsamar un cuerpo debidamente, para que puedan velarlo tantos días como deseen en este mundo y recibirlo sin reparo en el mundo siguiente. Luego, habían rezado juntos, habían reunido algunos utensilios que su padre guardaba en casa, no en la cerería donde trabajaban, y su padre le había pedido que le acompañara. Sólo le había mostrado esta vertiente de su ocupación una vez, como si quisiera asegurarse de que le dejaba bien instruido en todas las derivaciones de su oficio que podían reportarle alguna ganancia sin hacerle sufrir más de lo que era estrictamente necesario.

El primer paso era lavar el cuerpo con vino blanco y agua perfumada. El contacto inicial con la carne debía de ser suave, muy delicado, para apaciguar al cuerpo y mostrarle que las manos desconocidas que ahora lo tocaban tenían intenciones benévolas. En realidad, en aquel momento, a él no se le hubiera ocurrido pararse a considerar los sentimientos del difunto y pensó que aquel primer acercamiento le había servido más a él para superar el pavor que le producía la idea de tocar el cuerpo frío de un difunto. Su padre también le había intentado animar diciendo que al anticipar cualquier miedo, éste parece siempre peor que la cosa que lo provoca y que, haciendo su labor con respeto y diligencia, no tenía nada que temer.

Después, le enseñó a abrir el torso de arriba abajo para extraer las entrañas. Le instruyó bien en la importancia de vaciar todos los restos cuidadosamente para luego limpiar las cavidades con vinagre y otros ungüentos astringentes cuyos nombres ya no podía recordar, pero que había dejado guardados en el orden en el que los debía emplear. Mientras hacían esto, su padre le había explicado que, si alguna vez tenía que embalsamar a una persona de cuna muy alta, se tenía por costumbre separar el corazón de las demás vísceras delicadamente y que luego debía lavarlo con mucho cuidado, porque, a menudo, los nobles disponían un cardiotafio de plata o de algún otro metal valioso para mandar enterrar el corazón en algún lugar que tuviera un significado especial para el difunto o porque quizás resultara demasiado lejano para trasportar hasta allí el cuerpo entero.

Este trabajo también le había desagradado y le había causado mucha impresión, pero la compasión que acabó sintiendo por el muerto, una mezcla de pena y de voluntad por ayudarle a salvar su alma, le hizo entender que la dificultad de la tarea era menor que su importancia y, cuando ya habían rellenado el cuerpo con serrín y hierbas aromáticas, volvieron a cerrarlo y lo cosieron con una aguja muy gruesa. La última parte de la tarea consistía en envolver el cuerpo en su sudario, no sin antes despejar todo el entorno de cualquier resto de sangre, hiel o suciedad, para presentar el resultado del modo más pulcro. Hacer de una mancha oscura algo limpio y ordenado. En eso consistía su labor.

En este momento, en el presente, él piensa que si su padre viviera y pudiera ver la tarea que él tiene por delante, primero intentaría ocultar su asombro, su consternación. Luego le diría que tiene suficiente autoridad para cumplir la orden que Chamberlain le ha dado. Que su abuelo era el cerero mayor de palacio, que está bien instruido y que esto le acredita para acometer un trabajo que a él le parece una especie de profanación. Aunque también sabe que más imposible es aún rechazarlo.

—¿Que debo hacer con las vísceras?

—Haced lo que os plazca.

—¿Y el corazón? ¿Quiere que lo aparte y que lo prepare también?

—Alguno de ellos vendrá a pedirlo, con toda seguridad, su físico o su apotecario. Decid que estaba feo y consumido, que tenía dentro la semilla de la maldad.

Deshaceros de él y no dejéis que lo vea nadie. Ésa es la verdad que toda Inglaterra debe saber, que, después de tanto tiempo latiendo en contra de la voluntad del rey, su corazón mismo se había vuelto negro.

XVI.

Willoughby no se ha apartado de Katherina. Lleva horas a su lado. Las cuentas del rosario se deslizan por sus dedos con cada misterio. *Et signum magnum apparuit in caelo: mulier amicta sole, et luna sub pedibus ejus, et in capite ejus corona stellarum duodecim.* Ha ordenado a las damas buscar paños negros y ramas de espliego. Ha mandado que remuevan todos los arcones de Kimbolton y que alguna de ellas baje al pueblo a abastecerse si no encuentran cosas suficientes. Les ha dado dinero. También ha dado dinero al físico y al apotecario que se han marchado a procurar las hierbas y los linimentos propios del trabajo que anticipan en su función de guardianes del cuerpo de la reina.

Las palabras del confesor no le sirven de consuelo. Él le asegura que no hay alma mejor preparada, que no hay persona más piadosa, mejor instruida ni depositaria de tantas perfecciones naturales como la de la antigua reina.

Han rezado juntos y, después, él ha recordado que debe escribir cartas y buscar algún emisario de confianza que las saque de Inglaterra con toda urgencia. Es su deber informar al Doctor Ortiz, el intercesor de Katherina en Roma, para que él, a su vez, informe a quien crea necesario. Puede confiar en que la noticia viajará veloz pero no sabe qué forma tomará y quiere que la muerte de la reina sea contada tal y como ha pasado antes de que otros desvirtúen la manera en la que ha sucedido.

Cuando Willoughby se queda a solas con Katherina, quiere hablarle de algún modo. Una parte de ella siente que todavía es posible llegar a ella con las palabras, con los pensamientos. Lucha contra la idea de que ya nadie pueda alcanzarla. La irreversibilidad del cuerpo es clara, la aturde. Pero al margen de su desolación, intuye que debe mantener todos sus sentidos alerta y que en el aire de Kimbolton flota una advertencia. Sabe que debe permanecer atenta a todo lo que se haga con ella, a las palabras que se puedan pronunciar en su nombre, a lo que suceda alrededor de su cuerpo ahora que ya no puede defenderse. Si Willoughby supiera que su amiga aún puede escucharla, le diría que nunca hay pecado sin consecuencias, que no sabe si su justicia será larga y lenta, pero sabe con seguridad que llegará en uno de los dos mundos.

Willoughby desea que sea en este y que ella viva para llegar a verla o, al menos, para oír a alguien contarla. Estas son las lágrimas que más le pesan, las de la injusticia, las que más le duelen. Ha imaginado muchas veces un barco en el que nunca han cruzado el mar juntas para despedirse de Inglaterra. Está cansada, las fuerzas le fallan. Hubieran zarpado en secreto un día de primavera. No han alcanzado el futuro. Willoughby se queda dormida mientras se explica a sí misma algunas cosas que debería haber entendido hace años. Las dos han amado esta tierra y ese amor ha sido justo. Su desdicha ha sido amar a los hombres que gobernaban en ella.

XVII. *Las Restituciones.*

Primero volvió la mirada hacia el oeste. El sol muere en esa dirección y pudo comprobar que faltaba muy poco tiempo para que el día se terminara. Si hubiera contemplado esta escena sin haber vivido ni un sólo día en la tierra y sin saber que a todas las noches les sigue un día, hubiera entendido mejor qué era lo que esta mirando. La exactitud con la que aquel cielo declinante la identificaba a ella, a su propio alma, pero sólo pensó en la nitidez con la que volvía a ver las cosas. Era como si un milagro le hubiera devuelto la agudeza visual que tenía de niña, de joven.

A esta clarividencia inesperada se sumó otra sensación. Estaba moviéndose, o eso le parecía. Su consciencia o su cuerpo discurrían por un fluido hondo y ondulante que no tenía nada que ver con el tiempo. Como si estuviera dentro de un medio con más densidad que el aire pero menos densidad que el agua. ¿Había despertado? ¿Acababa de quedarse dormida? Tenía miedo de que aquella sensación de estar desplazándose fuera ilusoria. No estaba en ningún sitio concreto pero alcanzaba a divisar todos los lugares que conocía. Lo tenía todo presente en su consciencia a la vez y en todas las direcciones. Desde dentro hacia afuera, cuando miraba abajo o hacia arriba.

Como ella era un ser terrenal, en la belleza del sol muriente también sabía ver esperanza, pero no quería distraerse con aquellos cielos ingleses purpúreos que, en invierno, siempre la habían hechizado. Lo que quería era identificar el ruido que oía a lo lejos. ¿Qué era? ¿De dónde procedía?

Al norte, las aves migratorias llegaban a las islas más frías de Escocia. Cisnes noruegos, ánades reales venidos de Suecia, las espátulas zancudas que tanto se apreciaban como manjar en las mesas de los palacios ingleses. Sobre la arena, los correlimos comían pequeños crustáceos al paso de la olas. Todos los inviernos, las aves hacían un alto en su periplo hacia África. Eran afortunadas de poder volar sobre los mares, hacia donde su instinto les llevaba. En el agua, con los ríos estériles, las nutrias recurrían al mar para pescar. Buceaban con pericia entre las rocas del litoral sin alejarse demasiado de sus crías. Sabían encontrar alimento en las camas de algas. Todo se esforzaba y se movía hacia su propia subsistencia.

Si volvía sus sentidos en dirección al este, el tiempo apremiaba. El mismo punto cardinal que trae la mañana ahora traía oscuridad. Las sombras cedían al peso del tiempo. Una noche inminente se cernía sobre todas las cosas, las inmovilizaba por unas horas. Bastaba con mirarlas. Aunque a veces, en los últimos meses de su vida, había deseado un desenlace rápido, apartó la vista de aquel punto cardinal porque no quería que el día terminara con su atención puesta en la porción más negra del cielo. Quería mirar las últimas nubes inflamadas de sol al oeste, aunque el rumor que se escuchaba venía del sur. Casi estaba segura de ello.

Entre todos los lugares que alcanza con la vista hay uno que parece más frío, más entregado al invierno y a la oscuridad. Allí están sus últimas damas, su mejor amiga. En una cámara de Kimbolton todas se arremolinan en torno a algo. Entonces, ella comprende y aparta la vista enseguida. Centra su atención en el bullicio, el runrún burbujeante que se eleva al otro lado del mar, desde el sur, por encima de las cadenas montañosas, de los valles y de las mesetas desamparadas. Se siente atraída por el sonido. En esa dirección, la luz del sol aún no se ha extinguido. Los días son más largos en esas latitudes. Los inviernos, templados.

No necesita desviar su atención hacia el norte para sospechar que allí no hay nada. Una prolongación del cielo oscuro que ya ha anticipado el este y que quiere apartar de su consciencia pero puede que esté equivocada. Percibe un nuevo sonido que no se diferencia demasiado del ruido de las aves, pero es más intenso, bullicioso. Proviene del norte y dentro de él hay más voces. Presiente que contiene muchas más formas de vida. Imagina una ola gigante en la que todos los seres que respiran se recogen y se despliegan a la vez. Sólo es eso, el ruido de la vida, el ruido que confirma que ya todo queda restituido, que todo vuelve, desaparece y permanece a la vez, aunque haya adoptado otra forma, otras alas o un canto diferente. Puede sentir a todas esas criaturas muy cerca. No necesita abrazarlas porque ya está dentro de ellas. La vida concreta, individual, ahora le parece muy solitaria, lejana.

XVIII.

El sueño de Willoughby la aparta del mar y la lleva a orillas de un río con un caudal quieto. Tras un recodo, el cauce se divide y como una pequeña lengua de agua, uno de los ramales se adentra en los jardines de una gran casa. Nunca ha estado allí antes, pero el calor del aire y los árboles envueltos en el aliento dorado del verano le hacen pensar en las casas que el rey visita durante sus cacerías estivales. Cuando el amo de todas las cosas sale a cazar venados, a pescar carpas en los ríos y a disfrutar del aire templado. El *entourage* de Henrico suele hospedarse en casa de algún noble unos o dos días, para luego seguir recorriendo el país y hospedarse en la próxima casa para cazar en las tierras de otro aristócrata honrado por la visita del monarca. Willoughby siempre ha sospechado que, en realidad, sale a recorrer su país para comprobar que sus dominios existen, para ver con sus propios ojos los campos y los bosques milenarios que son suyos y atestiguan su poder. Para corroborar que es rey y no hombre.

Pero en la casa que sueña Willoughby no hay aperos de cetrería, ni perros de caza, tampoco hay armas ni avíos de pesca. Es una casa cómoda y bien fornecida. En el salón principal, Marye le da de comer pedazos de manzana al pequeño tití amaestrado con el que está jugando. Le pide permiso a su madre para soltarlo de la cadena larga y fina que le mantiene atado a su jaula. En el sueño de Willoughby, Katherina es tal y como la ha conocido, pero Marye es mucho más pequeña, tiene la edad que tienen los hijos en los sueños de sus madres. Una edad perfecta, a la que los niños se dejan querer absolutamente, sin pudor.

Katherina no deja que Marye suelte al tití, le dice que, si el monito se escapa, acabará llorando como la última vez y luego tendrán que mandar a buscar cerezas o almendras confitadas de cebo para hacer que vuelva con ella. Esta es una imagen muy antigua de la felicidad que el tiempo ya ha enterrado. Cuando le habla a Willoughby, lo hace como si no le extrañara verla en aquella casa y como si su amiga supiera que le consiente a su hija demasiados caprichos.

—Ya sabes que estoy aquí por ella. Cuando acepté las condiciones, el rey cumplió todas sus promesas. Cuida de nosotras, podemos viajar cuando nos plazca y, aunque nunca lo hubiera imaginado, me hace feliz pensar que Marye no vaya a tener el futuro de una princesa. Me alivia saber que no vaya a acabar casada con un hombre más poderoso que ella. Las dos sabemos lo que les depara la suerte a las mujeres que le dan la mano a ese tipo de hombres. Antes, cuando pensaba en su futuro, sólo veía señales de peligro. Ahora sólo llegan a preocuparnos las crecidas de este río, dicen que a veces anega todas las tierras de alrededor. El río Wey desemboca en el Támesis, muy cerca de aquí. Estas aguas son las mismas que bañan los palacios del rey. Marye me tiene a mí y yo la tenga a ella. Siempre serás bienvenida aquí, siempre tendrás un hogar en Byfleete, a nuestro lado.

Pero esta voz mansa y contenida no es la voz de Katherina. Willoughby también desenmascara al sol que entra por la ventana. Es un sol falso del que emana un calor especular, un calor que no penetra dentro de las cosas ni alimenta la vida, como si fuera sólo un reflejo. Una luz que camufla el invierno y desvirtúa el tiempo en una especie de deriva. Las visiones más dulces pueden contener las penas más amargas. Willoughby siente miedo. Teme por su propia hija. El terror dorado diluye los rostros de Katherina y Marye.

Cuando Willoughby sale de la casa, el agua del río ha cambiado. Ahora corre más deprisa. Entonces recuerda que el río se divide en dos ramales que luego se vuelven a unir unas millas más adelante. Con este capricho de su curso, recorta la tierra formando una isla dentro de una isla, un país apartado, dentro del país en el que están, un sueño en el que nada es tierra firme. Deseos que ni siquiera debería haber formulado. ¿Qué es morir sin honor? Morir veces infinitas.

XIX.

Antes de abrir los ojos, Willoughby recuerda lo que ha sucedido en una secuencia desordenada. El peso de los últimos días lastra su voluntad, también su cuerpo. Le cuesta moverse de la silla en la que duerme desde que llegó a Kimbolton. Hace un esfuerzo por orientarse. Deben haber pasado varias horas desde que ha oscurecido; en esta época del año, las horas de luz son escasas. Los días son muy cortos. Ella siempre formula así ese pensamiento, «en esta época del año», para mantener la esperanza contra la oscuridad y, ahora, ve la cama vacía y no comprende dónde está el cuerpo de Katherina. Si han entrado allí para llevársela ¿Cómo es posible que ella no se haya despertado? La han apartado mientras Willoughby dormía. Sabía que debía permanecer alerta, muy atenta. Este ha sido el primero de sus descuidos.

Aunque en un principio la idea le sobresalta, luego imagina que el físico y el apotecario deben haberla trasladado a la capilla, o puede que hayan dispuesto un lugar mejor para preparar su cuerpo. Mientras hacen su trabajo, ella no va a dejar que se extinga el fuego del cuarto de la reina. Va a guardar todas sus cosas, las colocará en un lugar seguro. El espacio que sigue teniendo su presencia. Esos objetos siguen siendo suyos. No quiere que nadie toque sus pertenencias. No permitirá que nadie duerma en su cama. Ella no se trasladará a ninguna otra estancia de Kimbolton aunque ya todo haya cambiado de modo irreversible. Debe preservar los dominios de Katherina mientras pueda. No es más que una habitación. El aislamiento al que la han sometido también es parte de su legado, quiere conservar su importancia, la autoridad de su persona. Ni siquiera deberían haberla movido a otra estancia sin la ayuda observante de sus damas.

¿Dónde están ellas? Recuerda que les ha ordenado preparar la capilla según las costumbres de las casas nobles. Cuando, por fin, se estira y se levanta, va a buscarlas pero no encuentra a nadie allí. La capilla está vacía. Tampoco hay señales de que hayan comenzado a hacer los preparativos. No sabe qué hora es. ¿Será tan tarde que ya se han acostado? No espera que nadie duerma esta noche. Ella no debería haberse quedado dormida. La primera velada es para asegurar el descanso del difunto, no el descanso de los vivos. Esa costumbre es la misma en todos los países y entre todos los estamentos sociales que ella conoce.

El físico, el apotecario, las damas, el confesor de la antigua reina, los encuentra a todos reunidos delante de la lumbre de una de las estancias que hay cerca de las cocinas. Al verlos, Willoughby siente que está contemplando una derrota. Algunos duermen, otros miran el fuego en silencio, con pesadumbre. Las llamas alumbran sus caras pero ninguno le devuelve la mirada. Ella acepta que sientan tristeza, pero sólo en cierta medida, pues siguen teniendo obligaciones. No acepta esa congregación de manos depuestas. Como si ninguno de ellos supiera hacer nada. Como si después de tantos años al servicio de la reina fueran un séquito de cuerpos perfectamente inútiles.

—¿Qué hacéis aquí? ¿Por qué no estáis con ella?

Nadie responde. Las damas se miran entre sí como si estuvieran avergonzadas. Su silencio alarma a Willoughby. Ya no sólo intuye pena y cansancio entre ellos. Piensa rápido. ¿Qué puede ser lo que no desean contarle? Chamberlain y Bedyngfield despachan allí la voluntad de Cromwell que es la voluntad última del Rey, aunque espera ver el día en el que esto sea contestado y alguien detecte el exceso de osadía y de ambición de esos dos hombres para castigarlos. Cualquier cosa que hagan no va a discurrir nunca en otra dirección que no sea la de sus propios intereses, ni aunque la circunstancia requiera un poco de piedad, un gesto de compasión, de decoro. Chamberlain y Bedyngfield han sido invisibles todo este tiempo, han evitado enfrentarse a ella desde su llegada, le han consentido muchas cosas y su invisibilidad le ha hecho olvidar el poder que ostentan. Ellos son los únicos que gobiernan Kimbolton, pero ¿qué son capaces de hacer con el cadáver de una mujer?

Cuando, por fin, el Físico habla, Willoughby intenta deglutir la saliva que se le acumula al fondo de la garganta. Hace todo lo posible por dominar el calor que le enciende el rostro, por dominar las lágrimas.

—Ni siquiera nos han permitido estar presentes. Ni al apotecario ni a mí. Tampoco han dejado entrar al confesor. ¿Cómo pueden confiar un cuerpo regio a un hombre sin estudios? Para que un cadáver perdure se deben aplicar los procedimientos de Mondeville con el máximo rigor. Tras un enema de incienso, almáciga, sangre de drago, bol de Armenia, harina y huevo, se baña el cuerpo con mirra, alcanfor, sal, agua de rosas y vinagre. Se taponan los orificios de la fosas nasales, las orejas y la boca con mercurio. Pero para que la conservación sea realmente duradera y el cuerpo se pueda velar tanto tiempo como sea necesario, además de abrir el abdomen y eviscerarlo, se debe sajar los muslos y también las piernas. Hay que extraer con cuidado todo lo que sea carne y sangre. La intervención sólo tendrá éxito si las cavidades se limpian con un compuesto de mirra, sal y acíbar seguido de aromas de rosa o violeta y alcanfor, antes de rellenar el cuerpo de hierbas. La camomila, el meliloto, la menta o la balsamita son las más indicadas, aunque ni nosotros mismos hemos podido procurar todos estos elementos y desconocemos qué medios tendrá el cerero. Sólo cuenta con una ventaja, el frío del invierno conservará el cuerpo aunque haga mal su trabajo.

En otra parte de la casa, tras una puerta cerrada, el cerero y los dos hombres que le asisten abren el cuerpo de Katherina ocho horas después de su muerte. Intentan honrarla con sus manos y con los medios limitados que tienen a su alcance. Hacen el mejor uso posible de sus conocimientos, que proceden de las tradiciones de su oficio y que no están tan alejados de las ciencias como creen los hombres mejor estudiados.

Willoughby siente cada una de las mutilaciones que el físico ha relatado como golpes en su propio cuerpo. Le prohíbe que hable así de ella. Quiere gritar, hacerse con una daga. Si ellos no van a luchar por recuperarla, luchará ella. El confesor busca la manera de tranquilizarla. Le pide que haga un esfuerzo por dominar sus emociones. Todos saben que el deseo de Katherina era seguir el ejemplo de su madre, que pidió en su testamento ser enterrada de cuerpo entero, sin que nadie le separara de ninguna de sus entrañas porque adivinaba en esas prácticas algo de iniquidad y la influencia de ciertas artes que siempre le parecieron apartadas de lo cristiano. Isabel quiso que su cuerpo fuera enterrado intacto y completo, en el mismo estado en el que dios lo había traído al mundo, incluso si moría lejos de Granada y, por la distancia, no había tiempo suficiente para devolverla allí, había expresado la voluntad de ser enterrada en otro lugar temporalmente, hasta que su cuerpo se hubiera purificado por sus medios naturales, para luego ser trasladada a su lugar de descanso final. Prefería eso a ser profanada por uno de aquellos galenos que siempre buscan la fama alrededor de la corte.

Aunque sabe que posiblemente sea demasiado tarde, el confesor se ofrece para ir a explicarle esto a Bedyngfield y a Chamberlain. Tiene la esperanza de que puedan escuchar la voluntad de Katherina, atender sus peticiones, pero también sabe que la voz de los muertos sólo es un susurro que se pierde pronto y que, a menudo, sus deseos acaban contándose por los vivos como anécdotas, como promesas sin demasiada importancia que nunca se llegaron a cumplir.

XX.

Lo que está hecho no se puede deshacer. Las órdenes de Cromwell son las órdenes del rey. El cuerpo embalsamado de la reina ha sido devuelto a su cámara privada de Kimbolton. Bajo dosel *et drapt destat*, sin otra solemnidad que las cuatro antorchas que lo rodean y que arderán constantemente durante las horas siguientes.

El confesor ha logrado hablar con el cerero y éste le ha contado que, durante la inspección, encontraron el cuerpo y los intestinos de la reina sanos y en buen estado, como si ninguna enfermedad le hubiera afectado, con una excepción singular, la de su corazón, que estaba completamente negro, con un aspecto temible. No encontraron forma de limpiarlo incluso lavándolo tres veces con aguas diferentes y, como su color era tan oscuro, decidieron abrirlo por la mitad para examinarlo y pudieron comprobar que su interior era negro también y que había un bulto oscuro adherido a las concavidades del órgano.

Willoughby no tiene motivos para creer estas palabras. Sabe leer desde niña y hubiera aceptado las conjeturas de un físico estudiado o de un hombre de ciencia que no estuviera a las órdenes de Chamberlain y Bedyngfield. A falta de testigos, hubiera estado dispuesta a comprobar semejantes descubrimientos con sus propios ojos que siguen viendo con claridad, pues la pena no le ha nublado juicio y no se deja confundir por las intenciones de los demás.

—¿No veis lo que intentan hacer? Como no han podido acusarla de traición contra el rey ni de hechicería, usan el falso testimonio de un hombre llano para desacreditar su buena naturaleza y para evitar que enterremos su corazón en un lugar que a ella le complaciera.

La noticia de la muerte de Katherina viaja rápido. Desde los muros aislados de Kimbolton al pueblo y al mercado más cercano. Primero llegan rumores, luego la confirmación del mensajero que han enviado a Londres. En los corredores de palacio los hombres de confianza del rey se pelean entre sí por dar la noticia al soberano, o al menos estar presentes cuando oiga la nueva. Saben que será un gran alivio para él. El fin de sus mayores preocupaciones. Saben que el encargado de anunciar la muerte de la antigua reina recibirá grandes favores de Henrico, quizás incluso dineros, un abrazo.

Al día siguiente de que la noticia se haya extendido por Londres, un enviado de Chapuys llega a las puertas de Kimbolton. Viene para escuchar de primera mano todo lo que ha sucedido desde que el embajador regresó a la capital con la impresión de que la reina había mejorado. También trae órdenes suyas de consolar a los siervos de la reina en sus aflicciones, de ver qué puede hacer por ellos y ayudar con los preparativos del funeral en caso de que la reina haya hecho alguna disposición particular a ese respecto.

Pero nada de lo que se dispone allí lo decide el séquito reducido de Katherina. Todo lo que se hace lo deciden los enviados de Cromwell que son los únicos que dan órdenes y arreglan las cosas según su parecer. Y guardan el cuerpo muerto con más celo que con el que guardaban el cuerpo enfermo cuando aún estaba viva. Hay movimiento de abastos y mensajeros que van y vienen. Algo de comida, toneles de cerveza, varas de paño negro. La actividad y el murmullo de tantas manos ocupadas dan vida a la casa.

Se manda preparar un ataúd de plomo para la reina. Todos están ansiosos por cumplir las órdenes que llegan de Greenwich. Mientras trabajan, anticipan los méritos que les reparará esta gran labor de estado. Han sido elegidos para despachar el gran impedimento, para enterrar el obstáculo definitivo, *the great matter*[5], que perturbaba la mente del monarca.

En otra parte de la casa, entre los amigos de Katherina, el secretario de Chapuys pregunta al físico si cree que es posible que la reina haya muerto envenenada. Éste responde que, en su opinión, no hay duda de ello pues el mismo confesor de la reina lo ha escuchado bajo secreto de confesión y que incluso, si el secreto no le hubiera sido revelando, por cómo empezaron los síntomas y por el curso que han llevado durante las últimas semanas de su vida, hay motivos suficientes para creerlo.

El físico añade que debía de tratarse de un veneno sutil, por la lentitud de su efecto y por la ausencia de otros signos habituales que manifiestan los venenos mejor conocidos. Pero ninguno de ellos va a certificar esta acusación por escrito, sólo el embajador, días más tarde, cuando reciba la noticia de su emisario, tendrá valor para señalar al rey o a la nueva reina. Incluso cuando el emperador lea estas conclusiones. ¿Qué es una carta cifrada que llega de un territorio lejano? ¿Qué es un testimonio sin pruebas aunque sea relatado con el mayor efecto, aunque sea leído por el hombre más poderoso que hay al otro lado del mar?

---

5. *La gran cuestión* era el eufemismo empleado en la corte de Enrique VIII para referirse a su divorcio de Catalina de Aragón y a todas la implicaciones religiosas que conllevaba.

En Inglaterra no quedan jueces y sobreviven pocos defensores del pasado. Los testigos tiemblan, miden sus palabras y prestan testimonio después de que otra voluntad haya dictado las palabras que deben pronunciar. Nadie tiene poder para interrogar la conciencia de Henrico y las voces de quienes tenían valor o apoyos para hacerlo se han extinguido hace tiempo, en lo alto del patíbulo o entre las llamas hambrientas.

XXI.

La sombra de Kimbolton se solidifica. Es el efecto de los días crecientes de enero. El arco solar se eleva unos minutos más sobre el horizonte y la luz diurna se hace más concreta pero su sombra también es prueba de que los muros de la fortaleza se han densificado. Ya no es un lugar susceptible a acontecimientos que puedan volatilizar el orden de un país. En el ojo de todas las imaginaciones, se pierden los alzamientos en defensa de la fe antigua, las hipotéticas misiones de rescate, los planes para la Peregrinación de Gracia[6], las intercesiones de Roma y las profecías de Eliza Barton. A medida que todas esas posibles injerencias se dispersan, las paredes de Kimbolton se hacen más sólidas.

Willoughby no sabe si ahora es libre. Si lo seguirá siendo mañana. Desconoce si su *denization*[7] seguirá teniendo validez ahora, después de su desobediencia al rey o si la expropiarán de todo lo que posee. Es probable que pierda sus tierras y sus casas. Puede que la expulsen del país como a una traidora, como a una perfecta extranjera. Después de vivir en Inglaterra la mayor parte de su vida, aunque ninguna de estas cosas representan lo peor que pudiera sucederle. Es posible que si intenta salir de Kimbolton sea arrestada. Sólo puede aplazar sus impulsos, esperar,

6. Liderada por Robert Aske, *The Pilgrimage of Grace* fue una revuelta popular contra la disolución de los monasterios y las políticas religiosas de Enrique VIII. Se originó Yorkshire en el mes de octubre de 1536 y se extendió por el norte de Inglaterra.

7. Estado de residente concedido a algunos extranjeros que les permitía asentarse en Inglaterra y tener propiedades a su nombre.

y no precipitarse a hacer nada, no tomar ninguna decisión. Va a observar pacientemente en la oscuridad, al lado de Katherina, al lado de los otros, aunque le preocupen las circunstancias que les hermanan. Los últimos miembros del séquito de la antigua reina, sus afectos más cercanos, siguen allí sin ninguna misión clara, sin ningún cometido. Desde este prisma, que es el prisma de Cromwell, todos son sospechosos de algo. El duelo que comparten propiciaría multitud de cargos. Pueden procesarlos bajo alguna causa nueva o recurriendo a alguna ley antigua. Si la ley no existe, la habrán empezado a redactar. En lo que respecta a su causa, Willoughby tiene esperanzas de que su engaño sea sobreseído ahora que hay asuntos más apremiantes que atender. Si llegó a Kimbolton sin licencia, tendría sentido pensar que lo hizo después de la muerte de Katherina. Ésa será su defensa si llega alguna ocasión que la obligue a defenderse. Le gustaría saber si Cromwell ya ha decidido cómo encaja ella en los actos oficiales que, con seguridad, ya habrá empezado a preparar. Si tiene suerte, todo quedará en una humillación, en alguna bajeza vindictiva. Eso fue lo que hicieron con Gertrude Courtenay cuando se opuso al matrimonio del rey con Anne Boleyn. La obligaron a ser la madrina de la primera hija de ambos, tuvo que llevar a la niña en brazos hasta el altar. Ese es el tipo de escarmiento que más le agrada a él, las humillaciones sutiles que aleccionan a toda la corte. Willoughby debe quedarse exactamente dónde está, repitiendo a diario los hábitos que ha adquirido allí, como una invitada persistente que ocupa siempre el mismo lugar porque, en la constancia, también hay redención y espera perderse al fondo del lienzo, en un plano secundario y poco iluminado desde el que pueda vigilar que no hagan nada peor de lo que ya han hecho con el cuerpo de Katherina. Su mejor amiga sigue siendo un símbolo peligroso en Inglaterra.

A mediados de enero, otro emisario de Chapuys les habla de los grandes preparativos que habían comenzado en la catedral de Londres para el funeral de la antigua reina y de cómo, por algún motivo desconocido, de la noche a la mañana, los trabajos se han detenido y ya no se ve actividad alguna en el templo para un funeral de Estado. En la ciudad, se dice que era todo un engaño para hacer ver que se preparaba algo magnífico sin intención de llevarlo acabo. La gente ya está acostumbrada a los vaivenes constantes de Henrico.

El físico y al apotecario aguardan a los emisarios de Chapuys con especial interés. Llevan días esperando sus cartas de presentación para viajar a Hatfield, al lado de la princesa, hija de la antigua reina.

Chapuys le ha pedido a Cromwell que les dé permiso para atender a Marye, pues, si su salud nunca ha sido buena, sólo puede haber empeorado tras conocer la noticia de la muerte de su madre. Primero, Cromwell le promete dos cartas con las licencias, una para cada uno, luego Cromwell se desdice poniendo por excusa que, siendo súbditos españoles, Chapuys está mejor posicionado para escribirlas él mismo y que, a su entender, la salud de la princesa no presenta signos de peligro y que, sólo si el físico y el apotecario encuentran dificultad al presentarse ante su gobernanta cuando lleguen a Hatfield, le vuelva a pedir que intervenga personalmente. Respecto a las pieles y las joyas que la reina había dispuesto para Marye, dice que el rey quiere examinarlas personalmente antes de que pasen a sus manos y que se las entregará a su hija cuando ésta le muestre la debida obediencia. El emisario también cuenta que el rey ha prohibido que las ropas de la reina sean donadas al convento Franciscano donde quería ser enterrada por ser «una petición innecesaria y vana que no puede ser llevada a cabo, dada la sobreabundante cantidad de ropas y ornamentos eclesiásticos que tienen las iglesias de Inglaterra. En su lugar, se hará un donativo a la abadía en la que el cuerpo de la reina será enterrado, que será una ofrenda más adecuada y digna de reconocimiento que la de sus túnicas y vestiduras.»

Es así como se desmonta la voluntad de ella. Cuando ya han despiezado el cuerpo, desestiman sus deseos y evitan cualquier gesto de generosidad. A todos quienes la amaban les niegan también los consuelos pequeños. Esto prueba que su muerte no ha sido suficiente. En el corazón del rey siguen vivos la duda y el temor, que no vienen de otra fuente que no sea la de su propia conciencia. Willoughby sabe que la muerte no le es suficiente y si es cierto que, como cuentan en la corte y en los mercados, al conocer la noticia, Henrico proclamó: «Ya estamos libres de toda sospecha de guerra». El rey ha mentido abiertamente porque no hay guerra peor que la que un hombre o una mujer emprenden contra sí mismos contra su consciencia y, ahora, Henrico perece lentamente en su propia guerra: una gesta extraña en la que lucha contra las convicciones que habían cimentado toda su vida, desde su nacimiento. El resto de sus ambiciones bélicas son sólo vanidad, un deporte para alguien que se entiende bien con los embajadores y gobernantes de los países vecinos. Sus campañas contra ellos carecen de importancia más allá de esta tierra.

XXII. *Marye.*

El día ya había amanecido vacío de tiempo. La bóveda de nubes destituía al sol como fuerza dominante sobre todas las cosas. Ni el ritmo obstinado de los cuerpos celestes iba a despejar aquella inmovilidad que pesaba sobre las cosas. Una quietud persuasiva que ya anticipaba el fin del día desde primera hora de la mañana.

Pensó que aquel era el motivo por el que le había costado imaginar a qué iba a dedicar las horas del día. Aquella luz no era buena para leer ni para bordar, tampoco se prestaba a los rezos, porque, si el cielo no se dejaba ver tras las nubes, tampoco se dejaría imaginar.

Luego, advirtió que las personas de la casa con las que trataba a diario la evitaban. Nadie de su entorno le había hablado y nadie le había mirado a la cara. Primero su criada, luego las damas que la vestían. El hombre que venía a alimentar con leña el fuego de la chimenea. Todos bajaban los ojos y se escabullían, un temblor empezó a desestabilizarla. Un pensamiento, aún sin forma, la fue sobrecogiendo.

No podía llamarlo miedo ni aprehensión, dos emociones claras con las que convivía a diario y que había aprendido a dominar sin dejar que se permearan nunca en su pulso ni en su cara, aunque le asfixiaran.

La mañana de este día era otra cosa. Una sensación que no había conocido antes; un mal visceral que la hizo vomitar espontáneamente en el suelo de su habitación. Cuando las doncellas volvieron a su cámara para limpiar la tarima y cambiarle la ropa, su prestancia, los gestos cuidadosos con los que la atendieron y todas las ternuras etéreas que le dedicaron con las manos no hicieron más que acrecentar su sensación de horror.

El cuerpo sabía algo. Sus ojos buscaban los ojos de otro ser humano para preguntar, para averiguar el motivo por el que la trataban con tanto celo, con la delicadeza con la que se recoge del suelo un pájaro malherido, pero todos conseguían esquivar su cara. Intentó formular unas palabras y sintió que su voz estaba enterrada bajo un peso descomunal. Una angustia que apenas le dejaba elevar el diafragma para seguir extrayendo aire de su entorno. El mismo aire que respiraba comenzaba a parecerle un gas maligno, venenoso. En él flotaba un miasma de cosas que no podían detenerse ni revocarse. Marye no podía pensar con claridad. Su cuerpo ya había recibido la noticia. Su consciencia intentaba desviarse de aquel conocimiento físico y todo se volvió negro.

Tus enemigos te acariciarán la mejilla cuando te hayas derrumbado. Aprovecharán tu debilidad para sentarse más cerca de ti, para tocarte y comprobar que estás hecha de carne y que la fortaleza que los ha mantenido alejados hasta ese momento no es inquebrantable. Se alegrarán de comprobar lo que sospechaban; que ningún poder divino anida en tu seno, que sólo eres sangre y hueso, Marye. Eres sólo carne. La hija ilegítima de un rey loco y de una reina voluntariosa que ahora está muerta.

Mandaron llamar a uno de los físicos para reanimarla.

Se trata de un hombre al que apenas conoce. Odia y teme a los médicos por igual. Aborrece los remedios lastimosos que suelen imponerle, pero, esta vez, él se limita a administrarle unos golpecitos en la mejilla y a llamarla por su nombre en castellano: «María».

Le han elegido a él para que le dé la noticia. Cuando escucha las palabras en los labios de un extraño, el cuerpo y la razón vuelven a unificar sus oscilaciones en una sola fuerza y el dolor se apodera de ella como una descarga. Nunca antes lo había sentido de esa forma. Después de las lágrimas y de los aullidos, no sabe a qué aferrarse pero respira despacio y se recoge las faldas del suelo, recoge su cuerpo como si enhebrara una aguja con un hilo muy fino y preciso. Un destello de lucidez le dice que no debe dejarse arrastrar por la pena. Es ahora, este es el momento en el que debe mantenerse despierta, más cuerda que nunca. Es un momento crucial para ella, un momento decisivo, la excusa que estaban esperando para deshacerse de ella y confinarla en un convento. No tarda en extraerse a sí misma del aturdimiento.

Debe cuidarse de cualquier conducta que pueda ser interpretada como una predisposición a la locura. Debe mostrar consternación en la justa medida porque, ahora, acecha el verdadero peligro. No puede regalarles ninguna excusa para que le den de beber *dwale*[8], para que la amarren a la cama o la dejen encerrada allí por su propio bien, como hacen con las mujeres que pierden el juicio a causa de la pena.

Su mente se posa en el único sentimiento que parece calmarla. Un odio silencioso hacia su padre y hacia todos los enemigos de su madre. Un sentimiento fuerte que copa su cuerpo y que le da una dimensión más sosegada a su dolor. Intuye que ese tipo odio es una elección, un

8. Dwale: sedativo hecho de bilis, opio, beleño, cicuta, lechuga silvestre y vinagre que se administraba disuelto en vino.

voto. El dolor sigue allí. Busca su rosario, reza. El odio logra obturar el dolor y, a la vez, lo sella. No hará sino hacer que se anquilose con más fuerza dentro de ella. El odio cose la herida a las capas más profundas de su alma. Quedará grabado en ella para siempre. Es consciente de ello. Ésa es su elección y es la única cosa que sabe hacer para sobrevivir. Comprende que se está encomendado a un servicio perpetuo: Vivirá para la sangre. Entiende entonces, que éste será su destino.

XXIII.

El decimoquinto día de enero, depositan su cuerpo en un ataúd de plomo y lo sellan. Luego, trasladan el féretro a la capilla de Kimbolton donde permiten a las personas más cercanas a Katherina observar una vigilia vespertina. Al día siguiente, se dice una sola misa ordinaria, como la de cualquier otro domingo, sin más luz que la de seis antorchas de resina. Luego, el ataúd es devuelto a la cámara privada de la reina. En el curso de los días que siguen llegan algunos abastos de Londres para instalar la *chapelle* ardiente.

Willoughby cuenta 56 velas de cera de abeja y dos anchuras de estameña corriente que se cuelgan en las paredes de la casa. A ella, ninguna de estas disposiciones le parece suficiente. Son señales de respeto demasiado parcas, casi humildes. La esperanza de que Marye consiga el permiso de su padre para viajar a Kimbolton comienza a extinguirse. Confía en que Chapuys interceda por ella y le haga ver al rey que sería demasiado cruel privarle a una hija de ese tiempo final, por corto que sea, al lado de su madre. Quizá quiera emplear la circunstancia como un castigo. Puede que le hayan puesto la condición de jurar obediencia a su padre y a la fe nueva. Ahora que está sola, cabe la posibilidad de que Marye acepte lo que exigen de ella para salir de ese continuo estado de amenaza, para comenzar a vivir de nuevo, de alguna manera, para encontrar un lugar en este orden cambiante, en esa corte de seres amados y seres proscritos de un día a otro. O puede que Marye esté enferma, que esté demasiado débil para hacer el viaje.

Esperar la llegada de Marye es importante. Hace días que la campana de Kimbolton no suena, sólo se oyen las horas que marca el campanario de la iglesia del pueblo, a lo lejos. Willoughby no sabe si, desde Greenwich, cumplirán los deseos de Katherina. Ella esperará a su hija, la princesa y luego acompañará a su amiga a dónde decidan llevarla. De todas las oscuridades, la incertidumbre es la peor, la que más le inquieta.

Durante el día, observa y espera. A veces reza. Cuando se hace de noche e intenta dormir, teme que su almohada se convierta en agua, que su silla se convierta en pozo. Siente que en las paredes de la casa retumban todos los castigos que están preparando para ella. Su fe no es tan clara como la de Katherina pero reza para concentrar las palabras buenas y llanas de las oraciones que conoce. El sonido circular de cada plegaria la aparta de otros pensamientos. Cuando el sueño llega, no es más que un reposo superficial. El ruido de todas las cosas que siguen despiertas planea sobre ella. El agua que corre sobre las piedras, las criaturas inquietas que cazan en otro lugar, las voces que pronuncian su nombre en Londres. No puede ignorar las cosas que su mente pone delante de ella, no logra reducir las sombras y, las pocas horas que logra dormir, no le son suficientes para recuperar la fuerza. La entereza por la que todos la conocen le falla en estos días. Nunca antes había tenido la sensación de que la condena y la salvación pudieran estar tan cerca, llegar casi a tocarse. Tiembla, demasiado cerca la una de la otra, dependen de un susurro, de una brizna de hierba, de un silbido, del aleteo de un pájaro, de la veleidad de un rey, y se transforman la una en la otra infinitamente.

19 Enero 1536, Kimbolton
A Mr. Will. Tyrell, en Clerkenwell

Mi compañero Tyrell, si has recibido el dinero del señor Secretario, apresúrate. Si no, muéstrale que no puedo hacer nada más para seguir manteniendo esta casa después que acabe esta semana. Si tenemos que seguir así, y no pagamos a los criadores de conejos, a los peones, a los carreteros, y a todas las demás personas que deben ser pagadas, no podré mantener la casa, y esto no será para honor del Rey.

Sir Edmund Bedyngfield

XXIV.

Los días pasan sin señales de Marye, sin amigos ni enemigos que traigan noticias de ella. La tristeza que a Willoughby le provoca este silencio es suplantada por una alegría. Un día, al final de la tarde, cuando afuera ya no quedan señales de claras de tiempo —ni el tránsito de una nube, ni el viento en un sólo árbol, ni luz que marca una hora concreta—, su propia hija, Catherine Brandon, Duquesa de Suffolk, llega a las puertas de Kimbolton.

Ha sido enviada allí por orden Greenwich para unirse al cortejo fúnebre de la antigua reina. Tiene diecisiete años y lleva casada desde que cumplió los catorce, es una joven valiente, pero este nuevo deber le produce una especie de miedo que nunca ha sentido antes.

Willoughby lo ve en sus ojos en cuanto va a su encuentro y la abraza. No necesita preguntarle cómo ha sido su viaje. No necesita contarle que la antigua reina ha fallecido ni cómo ha sido su muerte. Madre e hija escenifican un reencuentro dócil, silencioso, delante del séquito de lealtades contrarias que ha salido a recibir a Catherine. Si el rey la envía a Kimbolton para unirse al cortejo fúnebre de su mayor enemiga, ¿no debería desconfiar de esta invitación?

Cuando todos se retiran y encuentra un momento a solas con su madre, Catherine le reprocha su última carta. Leerla le causó una gran preocupación. Le pareció que estaba escrita con otra mano, con otra voz, como si estuviera leyendo las palabras de una desconocida. En el extrañamiento de las cosas que decía y en el vacío que se entreveía en ellas, Catherine había imaginado lo peor. Había sentido que su madre se despedía de ella aunque, en la carta, sólo le deseaba unos días bonitos y una vida feliz, sin contar nada del viaje que anunciaba. Algo impropio de la mujer que la había dado vida, de la mujer que siempre tenía palabras generosas, pensamientos útiles para sus seres queridos. Su madre, quien siempre había dado ejemplo de que una mujer debe significarse tanto como cualquier hombre, hacer uso de su voz, mostrar siempre su espíritu verdadero.

Willoughby le explica que, mientras escribía, temía que sus ojos no iban a ser los únicos que leyeran aquella carta. Le gustaría decirle que las guerras de otra mujeres siempre terminan por convertirse en guerras propias, que no sirve de nada intentar ignorarlas, guardarse de ellas o mantener el silencio, pero siente que Catherine no quiere hablar de eso.

Su hija le hace prometer que nunca más le escribirá cartas extrañas y que no volverá a viajar durante los doce días de Navidad a menos que sea para ir a su lado. Ha traído de su casa todo lo que ha pensado que podían necesitar, ropas, naranjas, aceite perfumado, un libro de horas. Cuando entran en la cámara de la antigua reina, Catherine aparta la mirada. No quiere ver el cuerpo. Se dirige a la mesa que hay al fondo de la habitación, junto a la ventana, y dispone las cosas que ha traído al lado de los enseres de Katherina, como si esa fuera la única forma en la que puede honrarla. Coloca sus pertenencias junto a las suyas a modo de ofrenda y le dice a su madre: «Yo no soy tan valiente como tú».

Willoughby le recuerda por qué le puso el nombre que lleva: «Te llamas igual que ella. Catherine no es un nombre que pueda pertenecerle a alguien que se deje llevar por el miedo».

Pero, a partir de la llegada de su hija, es Willoughby quien empieza a sentir emociones que no se corresponden a su carácter ni a su naturaleza.

Desde que tiene a Catherine a su lado, una náusea se ha anclado en la boca de su estómago. La siente ahí de modo permanente. Los olores intensos y los rumores hacen que se vuelva más punzante. Tiene dificultades para retener los alimentos y apenas consigue sorber un poco de caldo para calentarse. Oculta sus náuseas y sus temblores a ojos de los demás. Hierve matricaria cuando ya no queda nadie en las cocinas y le pide al apotecario theriaca magna.

Una mañana, después de un sueño terrible, le da dinero a la criada más joven para que le busque alguna daga pequeña que pueda llevar oculta entre sus ropas. No puede concentrarse en ninguna de sus oraciones. Cuando reza con las otras damas, el sonido repetitivo de las palabras devotas que tan bien conoce se transforma en otra cosa. En los susurros familiares de las oraciones que solían apaciguarla, oye admisiones de culpa, confesiones terribles que forman espirales y descienden hacia la oscuridad. Bajan y bajan sin mostrarle hasta dónde pueden alcanzar, dónde acaban, si es que hay fondo en ese pozo. Ese vértigo le nubla la firmeza por la que todos la han conocido siempre.

Cuando ve que sus síntomas no mejoran con el paso de los días, busca quien pueda ayudarla. El apotecario y el físico la examinan en secreto. Le piden que describa sus síntomas y le hacen preguntas cuyas respuestas ya conocen. Saben muy bien que Willoughby estuvo al lado de

Katherina durante los últimos días, no se apartó de ella en ningún momento. Ha seguido a su lado después, incluso, de su muerte. Apenas ha salido de su cámara.

El apotecario y el físico no alcanzan ninguna conclusión clara, ni le dan ningún consejo útil, sólo están de acuerdo en una cosa. No hay hombre estudiado que haya aprendido el verdadero discernimiento entre las enfermedades del cuerpo y las turbaciones del alma. Si los síntomas que muestra son debidos a la pena, si son causa de algún veneno, o si son signos de la misma enfermedad que padeció su amiga, el tiempo lo dirá.

Cuando los hombres estudiados se despiden de ella, Willoughby se sienta frente al fuego y vuelve la atención hacia su fuero interno. ¿Hay algo más contagioso que el terror? Centra toda su atención en su cuerpo. Escudriña las sensaciones que oscilan en su interior. En ese lugar oculto, que es otredad y misterio pero que también es la esencia más profunda de su propio ser. Cuando siente que ha llegado al centro de sí misma, imagina las planicies y los valles de esa oscuridad. Recorre todas las sensaciones y los humores que riegan sus vísceras, los vacíos que las separan. Si algo se ha abierto paso en sus dominios, debería diferenciar su influjo, por débil que fuera. El fluido reptante de un veneno, el crujir de carraca de una enfermedad, alguna influencia nueva que navegue por su sangre. A veces, las manos le tiemblan, pero no ha sentido fiebre ni ha perdido la fuerza de sus extremidades.

Mientras Willoughby se mira en el espejo tenue que es el cielo de todos los parajes de su interior, su inteligencia se abre paso sobre el miedo. Entre las sombras, una luz señala el motivo más probable de su enfermedad: la llegada de Catherine. La presencia de su hija le ha desarmado. Tener al ser que más ama a su lado la paraliza. Cuando estaba sola en Kimbolton, se sentía vulnerable de otra manera, pero, cada vez que se pregunta por qué han enviado a su hija allí, a su lado, imagina cosas terribles.

El sábado, 22 de enero, el féretro vuelve a trasladarse a la capilla y permanece allí hasta que se han cantado las misas del jueves siguiente.

Esos días son un desfile de flores.

Frances Howard, Condesa de Surrey, llega a Kimbolton acompañada de una sola dama. Ha sido designada por Cromwell como una de las dolientes principales para la exequias. Es hija de un conocido impulsor de la reforma, John de Vere, pero también es la esposa de Henry Howard, el primogénito del Duque de Norfolk, uno de los grandes defensores de la fe antigua en Inglaterra.

Holbein ha dibujado las facciones sencillas de Frances con gesto de aplomo. Aunque ya ha cumplido 19 años, su rostro conserva los rasgos dóciles de la infancia. Unos ojos oscuros y redondos, un pelo del color del heno, un labio inferior que a veces se queda suspendido en las palabras de las que duda. Su carácter tranquilo y bondadoso tiene la sencillez de una margarita, también trasmite su inocencia, pero Willoughby sabe que nada en este tiempo es del todo inocuo. Nada puede descansar sobre su propia esencia cuando la incertidumbre domina todo. Ni la flor más pequeña puede ser ajena a las batallas que arrasan el campo en el que despliega sus pétalos.

Willoughby intenta medir a quién le dolería más la muerte de Frances. Si a su padre o al hombre con quien la ha casado. No sabe si el rey la envía como valedora de una estirpe que impulsa su reforma o como defensora de la fe antigua. En realidad, puede que a Frances le corresponda otra flor. Siente que su llegada a Kimbolton trae la dualidad de una rosa. Cuando se sienta con ella frente al fuego, la joven no habla de las creencias de su padre ni de las disputas católicas de la familia de su marido. Sólo le cuenta que todo el aparato para los funerales de la antigua reina se está disponiendo con precisión desde Greenwich. Ha oído que algunas otras damas se unirán a ellas.

A la llegada de Frances, le sigue la de Dorothy, hija del Barón Bray. No debe haber cumplido más de doce años. Sus ojos pronunciados, su piel excesivamente blanca, sus labios crudos, tienen la precocidad de un narciso. Esa florescencia impetuosa no es un defecto ni una muestra de virtud, sólo es un rasgo de su naturaleza. La fisionomía de una niña está vacía de carga moral, no puede albergar una voluntad clara, no puede ser la recompensa o el castigo de nada. Dorothy llega de la mano de su gobernanta. La presenta ante las damas de la casa envuelta en tantas capas de ropa que sólo han logrado verle la cara después de que el ama la haya desenvuelto capa por capa. Su mirada contiene el temor de una criatura que ha sido apartada de su casa, pero ya nadie la trata de ese modo, como la niña que es. Ha crecido de un regazo a otro, de una cuidadora a la siguiente, como el resto de las damas. Entre los brazos de amas de cría de afectos cambiantes y, ahora, se aferra a la mano de su gobernanta. Ella se queja de que viajar en un mes tan frío es pernicioso para una niña de salud delicada. Luego le suelta la mano y la deja sola. Ha ido corriendo a las cocinas en busca de cerveza caliente. Beberá ella antes de traer nada para reconfortar a Dorothy, Willoughby está segura de ello. Unos minutos más tarde, cuando su gobernanta aún no ha vuelto y las damas apenas han intercambiado unas palabras con ella, Dorothy rompe a llorar. Willoughby le seca las lágrimas con su mejor pañuelo y Catherine le quita los zapatos para secarle los pies frente al fuego. La gobernanta tarda. Cuando regresa es evidente que ha estado bebiendo y no trae cerveza para Dorothy sino hidromiel. Willoughby se asegura de que les den de comer algo caliente y de que las acomoden en la habitación mejor resguardada.

No puede evitar ver en este esquema algo singular. A pensar de su rango y de los títulos que ostentan, la elección de esta comitiva comienza a inquietarla. Le gustaría adivinar las intenciones de Greenwich. El malestar se estanca en ella. Su enfermedad física o del alma —aún no ha sido capaz de distinguirlo— cobra otra dimensión, se extiende por la capa más superficial de su cuerpo. Sus gestos nerviosos no son suyos del todo. Siente los latidos de su corazón en las sienes y en la garganta, a veces le martillean el pecho y tiene que apretarse la mano contra el esternón para ayudar a que el aire entre en sus pulmones. Reza siempre el mismo pasaje, hasta que su corazón se calma: *Fecit potentiam in brachio suo, dispersit superbos mente cordis sui, deposuit potentes de sede, et exaltavit humiles*[9].

Por la noche, cuando intenta dormir, Willoughby piensa que el rey está reuniendo a las crías de las familias más notables de Inglaterra en una casa mal abastecida y sin ninguna comodidad, igual que se junta a las aves más

9. «Él hizo proezas con su brazo, dispersó a los soberbios de corazón, derribó del trono a los poderosos y enalteció a los humildes.»

tiernas antes de una batida. Todas proceden de familias católicas fieles a Katherina que han defendido la fe antigua hasta que no han podido defenderla más. Ellas representan el futuro, la sangre de quieres conducirán los designios de Inglaterra en generaciones venideras. Cromwell hace y deshace ese futuro.

El trasiego de arcones, colchones de plumón y mantas, ha sido constante en los últimos días. Los enseres y los bultos traídos del pueblo o de otras casas de la comarca retumban por los pasillos de piedra. Han traído mozos para limpiar las chimeneas y todos los fuegos de Kimbolton se encienden por primera vez en muchos años. Hacía tiempo que la piedra de las paredes no recobraba el calor. El cerero ha hecho acopio de velas y mechas de caña en el mercado, y se han ido arreglando algunas de las habitaciones en desuso para acomodar a las damas recién llegadas y a sus acompañantes.

No hay día que no traiga una flor nueva.

Margaret Gamage, Lady Howard, es atrevida y despierta. Ya no es una niña pero su llegada a Kimbolton tampoco está libre de sospecha. En la corte de Greenwich, Margaret sirve a Anne que ahora es la nueva reina, pero a Willoughby le gustaría preguntarle si es cierto lo que cuentan de ella. En sus ademanes puede ver la audacia impetuosa de un alhelí. Trae un libro de salmos entre las manos. ¿Un gesto con el que intenta demostrar algo? ¿Habrá marcado las correcciones del nuevo credo en sus páginas? Aun siendo una de las mujeres más cercanas a Boleyn, es de todos sabido que, el verano pasado, mientras la nueva reina y el rey disfrutaban de su largo periplo estival lejos de Greenwich, Margaret aprovechó la ausencia de los monarcas y de los cortesanos más notables, entre los que también se encontraba su marido, para encabezar una protesta en defensa de la princesa Marye. Dicen que persuadió a otras damas y a otros seguidores de la fe vieja para exigir el regreso de la hija de Katherina a la corte de Greenwich, que era lo mismo que reivindicar sus derechos y defender abiertamente su legitimidad. También cuentan que la protesta fue disuelta de inmediato, sin mayor consecuencia, aunque Lady Howard y sus seguidores pasaron una noche en la Torre de Londres. El asunto se intentó acallar pero, si todo esto es cierto y los renglones de su salterio siguen intactos, Willoughby sospecha que su llegada a Kimbolton pueda ser un castigo. Nada se olvida, nada es perdonado. Cromwell habrá estado buscando la manera de aleccionar a Lady Howard desde el verano pasado, durante los meses de otoño, calibrando un castigo con cuidado y, ahora, antes de que termine el invierno, podrá por fin hacerle pagar su atrevimiento.

Al imaginar la rebelión de Lady Howard, Willoughby piensa en la corte de Greenwich. Un lugar que antes era familiar para ella y que ahora se le representa como un lugar desconocido. Un laberinto de corredores y salas que se comunican con multitud de antecámaras en las que podría perderse. En el ojo de su mente, ve dependencias en las que nunca ha estado, atrios que no conducen a ningún lugar concreto. Un palacio ostentoso que se expande y se repliega sobre sí mismo. Un trazado confuso que ha suplantado el lugar en el que fue feliz con Katherina, hace años. No se ve a nadie en sus espacios, pero siente que todos pueden verla a ella aunque ya no esté allí, aunque haga años que no pisa sus suelos de yeso pintado.

Elizabeth Stafford, la Duquesa de Norfolk también conoce bien la corte. En el pasado, fue una las amigas más fieles de Katherina. Cuando llega a Kimbolton, Willoughby se alegra de tener a otra mujer adulta a su lado. Elizabeth vive apartada de su marido, un hombre temible y violento, pero todo lo que ha sufrido se pierde en su porte altivo, en sus ropas oscuras salpicadas de pequeños bordados blancos en el cuello y en los puños, como flores diminutas de milenrama. Una planta silvestre, resistente y tenaz. Willoughby siempre se alegra de verla, su presencia le transmite fuerza, pero su llegada confirma la sospecha de que Cromwell tiene intención de reunir a todas las defensoras de la antigua reina y a las descendientes de las pocas familias católicas que quedan en Inglaterra en un solo lugar.

Alguien ha debido dar dinero a Chamberlain y Bedyngfield. Hay verduras en las cocinas, aves de corral y pan para sustentar a las damas y a los siervos que las acompañan. De manera temporal, Kimbolton se transforma en una casa para los vivos. Nada obstruye los ires y venires de los siervos que atraviesan sus puertas abiertas a diario. Todos los preparativos, todos los esfuerzos y los gastos que hacen ahora, para honrar su muerte, señalan el abandono que Katherina padeció mientras vivía. Cuando los hombres y las mujeres impuestos por Cromwell se cruzan con Willoughby por los pasillos, la saludan satisfechos. Le hacen sentir que están agradecidos por su visita, como si con su llegada, Willoughby hubiera liberado a Katherina de su cuerpo. Como si el cariño de una amiga le hubiera dado consuelo suficiente para acceder a morir después de tantos meses de enfermedad y, gracias a ella, se hubiera desencadenado el final que todos llevaban tiempo esperando. Les odia por ello.

La esfera ámbar que trajo de Londres sigue intacta sobre la mesa de la cámara. Willoughby la corta y la reparte entre las damas. El jugo rosado y pegajoso de la granada se derrama por todas partes. Las niñas desgranan los rubíes uno a uno, con paciencia. Se manchan los labios, las ropas y las manos. Saborean un recuerdo. Todos los deleites del verano, el zumo de las grosellas, los arándanos maduros, fresas. Un recordatorio de que existe una época del año lejos de este tiempo inclemente en el que todo lo que tiene vida lucha por conservarla.

Mientras cenan, Willoughby piensa en una flor para su hija Catherine. Llevaba tanto tiempo sin verla que ahora puede observarla de nuevo, con cierta distancia, no como la niña que ha criado, sino como la mujer en la que se ha convertido estando lejos de ella. Vuelve a familiarizarse con sus facciones, busca los rasgos que han cambiado y los que permanecen. ¿Qué queda del tiempo en el que sólo fue suya? El tiempo en el que fue su pequeña hija. En su rostro, ve la modestia de un pensamiento, el halo morado de la templanza.

La voz de Elizabeth ameniza la cena. Sabe distraer a las damas más jóvenes. Emplea todas sus energías en entretenerlas aunque ella no pruebe bocado. Les habla de cuando mandaba cartas a Katherina ocultas en el interior de una naranja para asegurarse de que llegaban a sus manos. Les habla del pequeño tití de la antigua reina, de todos los dulces y manjares que le daban de comer. Era un pequeño ladrón con un apetito insaciable. Les cuenta historias de dos buenas amigas y las sombras de la tarde, que ya es noche, se hacen un poco más ligeras. Elizabeth recuerda momentos de la vida de Katherina que no están manchados por la pena ni por la injusticia, pero, mientras las damas ríen, Willoughby sólo piensa en las manos de Cromwell. Tiene unas manos hábiles para convertir el mal en bien. Para hacer que el crimen más sanguinario parezca una forma encarecida de justicia.

Esa misma noche, cuando aún están sentadas a la mesa, llega a Kimbolton Elizabeth Somerset, la condesa de Worcester. Nada escapa a la agudeza de sus ojos negros. Dos adornos engastados con acierto en su piel nivosa. Unos ojos que iluminan el gesto de satisfacción que siempre tiene en los labios. El comienzo de una sonrisa que nunca llega a florecer del todo, más cercana a la arrogancia que a la afabilidad. Elizabeth posee el tipo de inteligencia que más perturba a Willoughby, un ingenio cruel que sabe encontrar motivo de burla en cualquier circunstancia si así lo desea. Ya ha cumplido la treintena y está siempre embarazada. La voluptuosidad pendular de un eléboro negro. Una flor invernal igualmente preciada por médicos que por hechiceros. Una planta curativa o venenosa según la dosis empleada.

Worcester es otra de las damas más cercanas a Anne. Durante los banquetes de palacio, ella se encarga de sujetarle el pañuelo con el que la nueva reina se cubre el rostro mientras come, por si quiere escupir un hueso o sacarse de la boca cualquier alimento que no desee tragar. Algunos dicen que le ha prestado dinero de sus propias arcas en más de una ocasión. Llega a Kimbolton directa de la corte. Willoughby sabe que es la mano de Cromwell extendida hacia ellas. Si de sus ojos caen lágrimas, sabrá que no son sinceras, pero no hay duda de que su presencia le confiere importancia a todas ellas. Para bien o para mal. Un cerco más estrecho. Una intervención más directa. Tan pronto como encuentra la ocasión, Lady Worcester alardea del nuevo embarazo de Anne Boleyn.

—Se trata de un niño con toda certeza. Las comidas que le agradaban a la reina cuando trajo a la princesa Elizabeth, ahora le repugnan. Por fin, el rey tendrá un hijo varón que sea legítimo.

Sus afirmaciones quedan en el aire. Podría haberse atrevido con una provocación aún mayor. Podía haberlas ofendido fingiendo consternación por la muerte de la antigua reina. Para Willoughby, las palabras de Worcester no tienen importancia. Nada de lo que pueda decir va a alterar la desconfianza que siempre ha sentido hacia ella. Sólo puede observarla de cerca e intentar adivinar qué es lo que ha venido a hacer a Kimbolton, por qué ha sido enviada junto a ellas. Hará todo lo posible por esconder su enfermedad de ella.

Durante los días que siguen se celebran misas solemnes a las que asisten por turnos las principales damas de la casa. El martes, al comienzo de la eucaristía, los oficiales traen cuatro estandartes de tafetán carmesí. Dos de ellos muestran las armas de Katherina, el tercero, las de Inglaterra, adornadas con las tres plumas blancas del primer marido de la reina, Arturo, príncipe de Gales, el hermano mayor de Henrico. En el último estandarte, las armas de España e Inglaterra aparecen juntas. Los oficiales traen también cuatro pendones con imágenes de la Trinidad, de la Virgen, de Santa Catalina y de San Jorge. Son pinturas pobres, sin dorar, representaciones sagradas muy sencillas que los sirvientes disponen por la casa. Sobre una de ellas, colocan una tiara que nadie podría confundir con la corona de una reina, pues no se cierra del todo en su circunferencia, como hacen las coronas regias, que son círculos perfectos.

Willoughby odia las ropas de luto que Cromwell ha pagado. No ha podido negarse a vestir con ellas. Las damas se habían habillado con los velos negros y las ropas oscuras que traían de sus casas. Luego, recibieron varias varas de paño negro de Londres y a una costurera que supiera hacer los mantos de luto para que todas pudieran vestir debidamente, según las órdenes de Greenwich. También llegó terciopelo del mismo color para el manto de la doliente principal y para cubrir todo lo largo y ancho del féretro.

Willoughby no soporta ver a las niñas vestidas de negro. Allí no hay distracciones para ellas ni jardines plantados para el deleite de invierno. Tampoco hay ningún instrumento para hacer música. Hace frío dentro y fuera de la casa, en las cocinas no hay dulces y las comidas que les sirven no son nunca de suficiente provecho. Las niñas pasan horas sentadas frente al fuego. Si han traído labores de bordado, les cuesta contar hilos a la luz de las velas. Cuando alguna puntada de hilo negro se desvía del dibujo, deshacen su labor y le piden a otra dama que vaya a cortar la mecha. Se quejan de que las velas de este cerero hacen mucho humo y de que la llama está muy poco tiempo quieta, no como las velas de cera de abeja. La luz tiembla y el humo se hace más negro y hay que recortar la mecha para que el sebo arda debidamente, así pasan las horas. A veces, mientras bordan, una de ellas lee pasajes del salterio que ha traído Margaret. Cuando se cansa, le pasa el libro a otra. Este rumor las adormece, las reconforta, algunas se quedan dormidas con la labor en las manos. Hay ratos en los que hablan de los meses de verano. Cuentan los festejos del estío pasado sin olvidar ningún detalle. Se entretienen en describir cualquier menudencia. Hablan de las bodas que traerá el buen tiempo. En invierno, los hombres salen a cazar jabalíes pero, para las damas, hay pocos divertimentos.

Willoughby no quiere interrumpir la placidez que parecen haber encontrado. Espera que ninguna de ellas acabe poniéndose enferma. Ha oído que en algunas ciudades se vuelve a hablar de la enfermedad de antaño, el mal de los sudores, y que, en el norte, ha vuelto a extenderse el carbunco. No son conscientes de lo vulnerables que son estando allí. Ella no puede protegerlas de nada, ni de las enfermedades ni de las voluntades de quienes gobiernan la casa. Sus náuseas y sus temblores persisten. A veces, dominan el cuerpo de Willoughby y le impiden ver las horas siguientes, los días más inmediatos al presente, con claridad. Si dependiera de ella, las devolvería a sus casas cuanto antes. Margaritas, rosas, narcisos, milenramas, pensamientos, un eléboro oscuro, un alhelí. Intenta conciliar el sueño paseando por un jardín imposible en el que todas esas plantas han florecido a la vez. Un jardín sin tiempo, sin estaciones diferenciadas, pero que no es eterno, un jardín perecedero, tiene esa certeza en su sueño. Mientras camina entre las flores y toca su corolas, Willoughby siente que su mano es la única que puede ejercer alguna influencia sobre el destino de todas ellas. A veces, es necesario salir a buscar al enemigo.

Al día siguiente, a primera hora de la mañana, antes de que su enfermedad se agrave con el curso de las horas, va en busca de Sir Edmund Bedyngfield. Se adentra en una parte de la casa que nunca ha pisado antes. Allí encuentra menos muebles y menos personal del que imaginaba. Ni una mesa, ningún documento, ni un crucifijo, ni un reloj de agua. Ninguno de los objetos que imaginaba alrededor de alguien con poder. También encuentra al hombre con el que quiere medir sus fuerzas. Al principio, duda que sea él. Le cuesta reconocerlo. No le recuerda así de sus días en la corte. Ha envejecido y parece cansado o quizás esté preocupado. Como un hombre que no tuviera órdenes o que sólo tuviera deudas. Bedyngfield se sorprende al verla. La mira como si tuviera delante a una aparición. No hace falta que Willoughby le salude para dirigirse a él. Su rango sigue estando por encima del de Bedyngfield, incluso si ahora es su prisionera.

Le pregunta directamente cuál es la fecha que se ha designado para el funeral de la antigua reina. ¿Cuántos días faltan? No pueden ser demasiados. Por única respuesta, Bedyngfield se aparta de ella. No puede o no quiere contestar. La esquiva como si temiera que fuera a engañarle de nuevo, como hizo para entrar en Kimbolton o quizás porque no se siente obligado a darle respuesta a una prisionera o porque le resulta conveniente deshumanizar a quienes esperan justicia. Separarse cuanto antes de las cualidades que te asemejan a ellos, negarlos con capacidades básicas como el habla.

En el mismo sitio en el que la ha dejado sin dirigirse a ella, sin apenas mirarla, Willoughby vacía su estómago de agua y bilis blanca. Es lo único que le queda dentro.

No le da tiempo a volver a la cámara privada de la antigua reina. Lleva días sin poder retener ningún alimento sólido. Intenta limpiar el vómito del suelo con su pañuelo. Borra sus humores de la piedra. No quiere dejar evidencias de su debilidad.

La noche del miércoles, la Condesa de Surrey, por ser la dama de mayor rango, preside una cena solemne en la que Worcester vuelve a mostrarse alegre y locuaz. Después de alabar la pésima comida que les han servido como si fuera un manjar propio de la corte, propone un juego alrededor de la mesa: ¿Qué virtud representa mejor la dama que tienen sentada a la derecha cada una de ellas? El juego levanta mucha algarabía. No hay nada que más les guste que recibir halagos. Las damas se profieren todo tipo de elogios. Intercambian dones entre ellas. Todas, sin excepción, encuentran belleza en la dama que tienen al lado, algunas resaltan la gracia en el baile, otras el gusto en el vestir o sus habilidades para los bordados de *blackwork*. Lady Surrey es encomiada por sus dones para la música y Worcester le hace prometer que cantará para ellas cuando acaben de cenar aunque no tenga acompañamiento de ningún instrumento.

Llega el turno de Willoughby, que tiene a Lady Worcester sentada a su derecha. Mientras todas la miran atentas, ella guarda silencio y hace como que mastica un bocado de comida lentamente. Traga el alimento inexistente, bebe un sorbo de agua, se limpia los labios y hace una pausa antes de empezar a hablar. Busca la mejor manera de ordenar sus pensamientos. Entonces, les recuerda a las damas que, aunque todas son mucho más jóvenes que ella, ya deberían saber cuáles son los dones verdaderos.

Los dones espirituales son siete: entendimiento, sabiduría, consejo, fortaleza, ciencia, piedad y temor de Dios. Les recuerda que esas son las únicas perfecciones que tienen alguna importancia porque son las únicas que permanecen. Es probable que aún no lo hayan descubierto por sí mismas pero no duda de que lo entenderán más adelante, durante el curso de sus vidas, cuando estén rodeadas de menos distracciones. Dice estas palabras con bondad, sin enfado, no quiere que suenen a reproche. Les habla como si quisiera hacerles ver que en la vida que les ha tocado vivir, siempre deben estar atentas porque existen consecuencias dentro de las consecuencias. Luego mira a la dama que está sentada a su derecha.

—En Lady Worcester veo entendimiento y fortaleza, sin lugar a dudas.

Las comensales se quedan en silencio. Worcester bosteza abriendo la boca exageradamente con un gran suspiro para dar a entender que su aburrimiento es mortífero. Dorothy gimotea, está a punto de romper a llorar de nuevo. Surrey la consuela y pide perdón al resto de las comensales. Era su deber como dama principal dirigir la velada de un modo respetuoso y no olvidar la razón por la que están reunidas allí.

A la cena, le sigue una vigilia solemne que dura hasta Completas. Afuera, lleva horas siendo de noche. El invierno distorsiona las medidas del día y confunde el paso de las horas. En la capilla, el frío hace que el tiempo se vuelva hermético. Todas juntan sus manos heladas para recitar sus plegarias con una sola voz. Puede que ya no recen sólo por un alma, puede que además de pedir por la difunta reina hayan empezado a pedir por sus propias suertes, por su destino común. Cuando se retiran a sus habitaciones, buscan el calor del fuego y se encogen en sus camas. Ninguna de ellas duerme sin despertarse una o más veces a lo largo de la noche.

¿Qué forma tomará el peligro? Unos pasos que provienen de otra parte de la casa. Palabras lejanas que alguien ha pronunciado y que nunca llegarán hasta sus oídos. Willoughby escudriña la oscuridad para ver si algo ha cambiado dentro de ella, es lo mismo que intentar adivinar lo que se dice de Kimbolton en Greenwich.

Cuando el viento mueve las ramas de los árboles, el reflejo de la luna dibuja unas aguas extrañas sobre la piedra. Cualquier cosa inanimada que cobre vida por unos instantes le parece una advertencia. Willoughby agudiza sus sentidos. ¿Podrá distinguir el peligro cuando vaya a abalanzarse sobre ella? Ha rezado por todas las damas, por sí misma, aunque nunca haya tenido una fe firme como la de Katherina. ¿De qué le sirvió a ella? Las sombras de Kimbolton siguen teniendo una densidad insondable. En esa oscuridad caben todos los designios.

Uno de los desenlaces que más teme viene a ella, a veces, entre el sueño y la consciencia. Imagina que se ha quedado dormida y, mientras duerme, los hombres de Bedyngfield clausuran las ventanas del cuarto de la antigua reina desde el exterior, con maderas y clavos. A la mañana siguiente, cuando se despierta, ella no sabe lo que han hecho porque dormía tan profundamente que no ha oído los golpes de martillo. Ese día congregan a las damas para velar el cuerpo de la antigua reina en su cámara, igual que han hecho tantas veces los días anteriores. Todas están allí menos Worcester. Mientras rezan, la puerta de la cámara se cierra. Al otro lado, en el pasillo, se oye un trajín de bultos pesados. Ruidos de utilería. Un ladrillo que choca contra otro ladrillo, clop, clop, como los cascos de un caballo. Movimientos rápidos. No oyen voces, sólo actividad y tardan unos instantes en comprender lo que sucede. Están sellando la puerta de la cámara desde fuera.

Ninguna de sus súplicas, ninguno de los gritos de la niñas podrán detener el trabajo. Cuanto más griten más se apresurarán ellos, porque hay pocos seres humanos que disfruten con ese tipo de sufrimiento ajeno aunque estén convencidos de su necesidad, aunque sea una orden o su oficio. Las damas imploran desde el interior de la cámara pero nadie contesta. Unos minutos, más tarde, el silencio. Han terminado de tapiar la puerta. Bedyngfield y Chamberlain ordenan a todas las personas que quedan en la casa que se marchen de allí. También clausuran la entrada de Kimbolton y prohíben a los aldeanos que se acerquen al castillo.

Entonces, cuando el hambre y la sed les cause un sufrimiento extremo, cuando el olor del cuerpo se hagan insoportable, Willoughby encontrará uso para la pequeña daga que lleva oculta en su ropa. Al menos podrá acortar la agonía de la niñas, la suya. Ese es el crimen más fácil para los hombres de Cromwell, el que menos esfuerzo requiere por su parte, el más efectivo.

El sueño ya no es un aliado para ella. Cualquier instante que pase ajena a lo que sucede en la casa representa una oportunidad para ellos. Debe mantenerse alerta y hablar con Elizabeth para que ella también esté atenta.

En otra memoria líquida que empieza a parecerse a un recuerdo pues, aunque tampoco ha sucedido aún, ocupa sus pensamientos a menudo, un veneno se filtra hasta la salvia de cada una de las flores. El efecto no es inmediato, los colores de los pétalos van virando de manera progresiva, hasta que el jardín de margaritas, rosas, narcisos, milenramas, pensamientos, alhelíes, se vuelve extraño, como si las tonalidades de la naturaleza se hubieran desafinado. La tersura de los tallos empieza a mostrar pequeñas protuberancias y un halo oscuro se acumula en el interior de las corolas. La fuerza y la tersura de cada florescencia va mermando, hasta que sólo quedan formas pálidas y huecas. El jardín perece despacio en un otoño extraño que no se rige por las normas de la naturaleza. Es entonces cuando Willoughby ve su flor. Es una dalia de color rojo oscuro. Suaves pétalos granates. Nunca había sabido cuál era su flor hasta ahora, en este momento en el que siente cerca la posibilidad del final. Entiende que el veneno secará los extremos de cada pétalo aterciopelado. Eventualmente, el tallo se secará, pero encuentra algo de consuelo en haber podido verla. Su flor, aunque sea antes de un castigo invisible y silencioso. Teme que el rey quiera hacer un ejemplo de todas ellas. Y aún así puede que ese no sea el desenlace más temible que pueda esperarlas.

En otro de sus sueños, las damas salen de Kimbolton a pie y caminan durante días de una ciudad a otra, de la plaza de un mercado a la plaza de abastos del pueblo siguiente. Recorren millas escoltadas por los hombres de Cromwell. No saben a dónde van, al principio piensan en Londres, en la Torre. Los soldados no hablan, sólo las obligan a avanzar sin descanso. Les hacen andar hasta el límite de su fuerzas día tras día, por todos los caminos de Inglaterra. Willoughby a la cabeza, seguida de su hija y de las otras damas. Las niñas van detrás. Un día tras otro, hasta que el invierno empieza a hacerse primavera. Willoughby tiene que mirar atrás cada poco tiempo para asegurarse de que las niñas siguen allí, caminando a duras penas, para asegurase de que no han perdido a ninguna de ellas. Los primeros días, las primeras semanas, muchas de ellas lloran desconsoladas, luego ya no tiene fuerzas. De noche, les permiten resguardarse en algún establo para descansar. Cuando llueve no paran la marcha. Les dan de comer y de beber lo necesario para mantenerlas con vida. Les permiten dormir las horas mínimas para que no pierdan del todo la razón. El color de sus ropas cambia. Sus cuerpos adquieren los olores propios de los animales. Los pies sobresalen de lo que queda de sus zapatos, que habían sido cosidos para pisar los suelos de la corte, las llagas les sangran, se secan, vuelven a sangrar. Les hacen caminar hasta que sus rostros apenas son visibles bajo la suciedad, bajo el pelo apelmazado. Andan y andan hasta que casi no queda nada de ellas. Sólo mantienen sus nombres, sus títulos. Los soldados los gritan cada vez que entran en un pueblo. Es lo único necesario para hacer de ellas un ejemplo, para demostrar públicamente lo que les sucede a las defensoras de la antigua reina, a las seguidoras de creencias que han sido reemplazadas por una fe nueva. Cada una de ellas es un símbolo viviente de las antiguos dogmas. Las exhiben por las principales ciudades del país para aleccionar a todos los posibles detractores de la nueva cabeza de la iglesia, el rey de Inglaterra. Su destino puede ser el mismo que el de Elizabeth Barton. Toda Inglaterra sabe cómo acabaron con ella. Nadie se atreverá a defenderlas, son un blanco fácil de palos, de piedras, de los desechos de las cocinas, de los insultos de todo el que sienta que debe reafirmar su postura ante la nueva iglesia.

Willoughby se incorpora de la silla en la que duerme desde que llegó a Kimbolton. Cuando abre los ojos, la marea de miedo retrocede. Hay horas del día en las que confía en sí misma, en las que cree que será capaz de distinguir la forma que tomará el peligro si se cierne sobre ella. Pero en otros momentos, sucumbe a todos los finales que ha imaginado.

Al abrir las contraventanas de la habitación, siente el intercambio de aire entre el exterior y el interior. La brisa helada remueve el aire viciado de respiraciones, pensamientos y chimeneas. El frío rotundo la despierta. Vuelve su atención hacia afuera. Mira por la ventana con intencionalidad para interrogar al mundo, a la naturaleza.

En un cielo de nubes bajas, la noche es parcial. La bruma blanca que sale de la humedad de la tierra confunde la escala y las distancias que separan el ojo del objeto que observa. Esta niebla protectora desvirtúa la mirada de quienes intentan entender la condición de la noche, que es lo mismo que entender la condición del amanecer o de la mañana venidera y de todo lo que traerá. ¿Cuántos días más seguirán velando? Vigilando el cuerpo sin vida de Katherina y siendo vigiladas. Hay menos consecuencias en este mundo para quienes no creen en el siguiente.

Detrás de la noche, detrás de las distancias indeterminadas, se alza su casa de Grimsthorpe. Podrían llegar hasta ella en dos o tres días. Recorrer el camino a pie aunque llueva, incluso aunque empiece a nevar. Podría convencer a Catherine para irse las dos juntas. Con su hija encontrarían la manera de llegar hasta su casa. Pero no puede abandonar allí a las niñas. No puede dejar el cuerpo de Katherina en manos de Cromwell.

8 de Enero de 1536,

Mientras que el Rey ha designado a mi pobre esposa para ser una de las dolientes de mi Lady la Princesa Viuda, de un tiempo a esta parte ella ha estado enferma por engendrar huesos jóvenes y aún no se ha recuperado, y además de esto, estando yo al servicio de mi Lady la Princesa, teniendo todos mis caballos y mis siervos conmigo, de los que mi dicha esposa necesitaría disponer, confío en que ella obtendrá sus excusas.

John Seynt a Cromwell

XXV.

El 25 de enero, por ser día de San Pablo, Willoughby le cuenta a las niñas la historia del santo. De cómo el apóstol cayó del caballo y, al golpearse la cabeza contra la tierra, perdió la vista. Ellas la escuchan atentas, se tocan los ojos, se miran entre ellas. En la historia, Ananías le impone las manos en nombre de Jesús, y Pablo recupera la vista, pero ese no es el mayor regalo que recibe. El verdadero tesoro es que, con ese milagro, Pablo obtiene la fe, el don más preciado. La capacidad de creer en su propia salvación. Poseer la gracia de la esperanza puede decidir el destino de los seres humanos. Al final de su historia, Willoughby podría haber confesado que ella había fingido caerse del caballo como Pablo para entrar en Kimbolton sin licencia de Cromwell, pero también hubiera tenido que admitir que su fe la ha abandonado, que sus ojos han perdido la capacidad de ver las cosas con agudeza y que ahora sólo desea huir. No sabe si tiene el discernimiento necesario para saber separar lo bueno de lo malo y puede que ese sea el precio de su mentira.

Lady Dorothy Neville, la joven Condesa de Oxford, llega a Kimbolton con un séquito completo de damas y siervos. Le cuesta dar con una estancia a su gusto, lo suficientemente amplia para descargar los tapices y los arcones que han traído de su casa. Sus siervos portan enseres que a Willoughby le parecen excesivos para un duelo pero luego piensa que es posible que a Dorothy le hayan educado para la comodidad tanto como le han educado para el deber. Sus salutaciones rápidas, la prestancia de sus pasos, cierta indiferencia a lo que hacen allí las otras damas tienen la ligereza propia de lo práctico, como si estuviera despachando asuntos triviales. Sus palabras son corteses, pero poco apasionadas. Está allí para cumplir un cometido bien delimitado, sin pliegues que puedan desdoblarse hacia ninguna otra consecuencia. No quiere ser flor, piensa Willoughby. No habla demasiado con ninguna de las otras damas, ya prevé el camino de regreso a su casa. Con su llegada, el círculo del miedo se ha desdibujado.

Ese mismo día, se une a ellas Lady Bedyngfield. No comparte ninguno de los defectos que son tan visibles en su marido. Es una mujer callada, de manos inquietas. Con cada paso que da, con cada gesto, por pequeño que sea, mide la holgura del momento, de las circunstancias. Su aspecto algo tosco, sus mejillas gastadas por los inviernos y el trabajo, dejan entrever una firmeza que a Willoughby le recuerda a una flor de cantueso. Una espiga rugosa coronada de pétalos que parecen alas violáceas. Posee cierta dureza que no se interpone a su belleza. Cuando se dirige a Willoughby, lo hace con deferencia. Le guarda el respeto debido a una dama de su estamento. En cuanto comprueba que Willoughby no siente rencor hacia ella, le habla además con calidez, con cierta admiración. «Mi marido me dijo que viniera preparada para cuatro o cinco días, como mucho, para esperar aquí una semana».

Todas las damas de la casa, juntas, forman un número temporalmente. Una sociedad tenue en la que algunas dudan de las otras y todas dudan del lugar al que irán después de estar allí, cuando por fin se puedan separar. Una hermandad transitoria para los ritos fúnebres. Nadie sabe el sitio donde tendrán lugar. Todas han sido educadas en las formas de la pesadumbre. El día de San Pablo se retiran a dormir bajo los auspicios de una luna nueva.

Después del primer sueño, Willoughby sale de la cámara de la antigua reina. Antes de ponerse en pie debería haberse arrodillado para recitar la palabras del Ángelus, una oración de súplica que le recuerda a su infancia, a su educación religiosa, pero sus pies buscan las piedras heladas de Kimbolton. Debería llamar al hombre que alimenta los fuegos con leña, mandar hacer sopas de pan para la niñas. A oscuras, recorre el pasillo angosto que comunica la cámara con el coro de la capilla. El frío le quema los pies descalzos. Eso es lo que necesitaba, sentir la diferencia entre lo vivo y lo inanimado, pero en la oscuridad, duda de su piel y de su carne como duda de todo lo que le muestran sus sentidos. Las mismas cosas de las que siempre ha extraído sus certezas ahora dejan de hablarle. Desde lo alto del coro, en la capilla, ve el cuerpo de Katherina dispuesto en el altar. El humo acumulado de las velas y el frío han tendido un manto extraño sobre ella. Los volúmenes del cadáver le parecen exiguos, un cuerpo muy pequeño, insuficiente. ¿Dónde queda ahora el pasado? ¿Dónde está el centro desde el que se ordenan todas las cosas? Nunca se ha sentido tan lejos de sus convicciones. Coloca las manos sobre la madera gastada del reclinatorio en el que tantas personas se han arrodillado antes. Es posible que ella también se haya transustantivado. Nada de lo que toca, nada de lo que mira le basta para asegurarse de su propia presencia. Teme que sólo sea un espectro, que su hija ya haya asistido a sus exequias, que su presencia allí sea sólo un recuerdo, un tiempo que ella sigue imaginando después de muerta. Una especie de fiebre eterna. En el cuarto en el que encontró a Bedyngfield no había nada de valor, ningún objeto ligado a la medida del tiempo o a la contabilidad, ningún instrumento de escritura. En Kimbolton no quedan relojes ni espejos, nada de lo que se pueda extraer alguna certeza. Quizá sea ésa la prueba de que está muerta. Willoughby sabe que este es el momento en el que debe elegir. En sus brazos, en sus manos, imagina pequeños hilos de fuerza que la mantienen aferrada a la vida.

XXVI.

28 de enero de 1536

Mientras oyen una misa tan solemne como la vigilia del día anterior, la atención de las damas se dispersa. Un rumor de extramuros penetra en la nave de la capilla. El ruido se funde con las palabras de la liturgia, rebota contra la piedra y se amplifica. En su masa distante distinguen muchas voces, la expectación agitada de quienes pisan un lugar que no frecuentan, un suelo que les habría estado prohibido en otras circunstancias.

Tan pronto como termina al misa, las damas buscan la ventana más cercana para descifrar el ruido que llega de fuera. La gente del pueblo se ha congregado a las puertas de Kimbolton. Si ellas llegaran a distinguir las palabras que conforman el bullicio, oirían que no todos los días se ve un carro tirado por seis caballos o que deberían haber ido a cantarle la víspera de Epifanía. También se discute sobre dónde enterrarán su corazón. Incluso quienes no están pensando en ella se han acercado al castillo para ser testigos de algo que todos sienten como un momento definitivo. Hoy es el día en el que Inglaterra cambia de fe para siempre. Un día de invierno en el que deben desprenderse de algunas de sus antiguas costumbres, de las imágenes que conocían. A partir de ese momento, no podrán cobijarse en la ambigüedad, ni en las falsas esperanzas. Llevaban tiempo preparándose. Algunos han escondido las tallas que veneraban en la iglesia del pueblo. La crueldad de Greenwich es persuasiva. En las hogueras de Inglaterra han ardido santos de madera y santos de carne y hueso.

Apenas tienen tiempo para preparar su partida. Recogen sus enseres, se visten con todas sus ropas y todas sus prendas de abrigo; sobre ellas, los paños de luto pagados por Cromwell. Willoughby imagina la entrada del cortejo en Londres. Habrán calculado bien el tiempo para llegar a la capital en mitad de la noche. Querrán evitar que las calles se llenen de gente, pero vendrán a verla sea cual sea la hora. Habrá gente por todo el recorrido, desde el Ángel hasta St Paul's, los habitantes de Londres saldrán a despedir a la única reina de Inglaterra.

Todas las damas y sus séquitos montados en sus carros. Kimbolton despojado de todos los enseres y artefactos de los vivos, de las colgaduras propias para despedir a los muertos. Las estancias, la capilla, las cocinas, los corredores, vacíos otra vez.

Cuando el cortejo arranca, un mecanismo extraño entra en funcionamiento. Los hombres y las mujeres, los carros y los caballos, incluso las antorchas, se mueven como un solo organismo. El paso de una estela oscura que abre el aire y luego lo cierra tras de sí.

Willoughby siente que el movimiento tiene un efecto inmediato sobre su cuerpo. El aire se abre paso en su pecho sin la presión a la que se había acostumbrado entre los muros de Kimbolton. Su torso se distiende. El pulso de su mano vuelve a ser firme. Abraza a su hija, en el rostro de Catherine también ve un gesto de alivio. Distanciarse de Kimbolton tiene un efecto curativo sobre ella. Dejar atrás ese lugar es librarse del mal más inmediato, aunque desconozca los peligros que pueden estar esperando delante de ellas.

Dieciséis sacerdotes a caballo vestidos con sobrepelliz

abren el cortejo. El primero porta una cruz de oropel; tras ellos, varios gentilhombres encabezados por el *maître d'hotel* y el chambelán de la casa. A los flancos, 10 heraldos encapuchados de luto, con sus blasones; tras ellos, 50 sirvientes de varios gentilhombres que llevan antorchas y *bâtons allumés*. Los portadores de los pendones y los estandartes escoltan al carro fúnebre. Sobre el terciopelo negro que cubre el ataúd, un tapiz de hilo de oro bordado con una cruz carmesí; sobre el tapiz, un crucifijo de plata. Detrás del féretro, el carro de la doliente principal, aderezado con terciopelo negro y, tras él, el de las otras damas, cubierto de paño del mismo color. Detrás de las damas dolientes, el vagón de los gentilhombres de la reina y, tras ellos, otras nueve damas, todas esposas de caballeros. A continuación, el carro de las sirvientas de la reina y el de las sirvientas de éstas, en total 36 mujeres. A la cola del cortejo, algunos sirvientes más montados a caballo.

En la primera población que atraviesan, la gente sale de sus casas. Todos se descubren la cabeza, algunos lloran en silencio, otros rezan. Willoughby desconoce el nombre de este lugar. Levanta la vista para observar el cielo. Busca la orientación del sol. Si estuvieran viajando hacia el sur, debería brillar delante de ellas, pero este no puede ser el camino a Londres. Avanzan hacia el cielo del norte. Un horizonte estático, con una luz que nunca cambia. Entonces, el malestar vuelve a instalarse en ella y esconde sus manos agarrotadas debajo del manto. Intenta sonreír para Catherine. Evita que la incertidumbre cambie su expresión o sus palabras. Su hija viaja a su lado adormilada, envuelta en la pieles que ella le ha prestado y que están ocultas por las ropas de luto, bajo las yardas de paño negro que igualan a todas las damas. Esas ropas pagadas por Cromwell que las inmovilizan, que las reducen a la única tarea del lamento. Willoughby piensa en el mapa del norte de Inglaterra y se pregunta qué lugar puede ser digno de recibir el cuerpo de una reina.

Este viaje lee preocupaba a las niñas, les preocupaban las distancias, los caminos incómodos, las nevadas de enero. El peligro que entraña pasar por lugares en los que ninguna de ellas ha estado antes. Recorrer parajes desconocidos, árboles hechizados, bosques tan densos que deben guardarse de mirar hacia la espesura porque su oscuridad puede mostrarles las abyecciones peores, las más bajas vilezas. Pues es de todos sabido que viajar esparce el halo del alma por lugares nuevos y diferentes, y que no es una empresa libre de riesgos y que a menudo causa enfermedades, porque el alma luego tarda en recuperar su firmeza una vez devuelta al sitio que le corresponde, a su lugar propio y familiar.

Cuando el cortejo detiene su marcha para que beban los caballos, Willoughby va en busca de Lady Bedyngfield. Sabe que si le pregunta por el destino final del viaje podría comprometerla, así que se limita a preguntarle si ella sabe dónde pasarán la noche. Lady Bedyngfield le responde que los monjes de Císter tienen todo preparado para acogerles en Sawtry Abbey y que, después de esa noche, habrá otro día de viaje.

La piedra nunca imagina su destino. Desde antes de su formación, cuando sólo era materia orgánica, los restos compactados de criaturas diminutas que habitaban los mares cálidos de la plataforma continental hace 150 millones de años.

La piedra caliza que llaman de Barnack ya era extraída del suelo por los romanos sin revelar ningún indicio sobre lo que acabaría siendo. Calzadas, catedrales, campanarios, todos los monasterios notables de Inglaterra se levantaron con ella. En su blancura mastodóntica los humanos veían permanencia, las cualidades que esperaban de lo eterno. Aquella roca que les parecía una materia lenta, sin tiempo perceptible con la que identificar las cosas que creían infinitas. Ningún hombre viviría lo suficiente para comprobarlo, pero nadie imaginó nunca otros destinos para la piedra caliza de Barnack.

La mole que ahora se eleva en muros y bóvedas gloriosos, extraída de los campos de Cambridgeshire y dividida en bloques geométricos para edificar el claustro, la nave, todas las dependencias de la vida monástica en la abadía de Sawtry.

¿Qué deseo en el corazón de los hombres fue capaz de desenterrarla de la turba y extraerla de la tierra? ¿Qué deseo pudo tener fuerza suficiente para cumplir el trabajo imposible de cortarla, de mover toneladas de su masa caliza a través de campos interminables, a lo largo de varios ríos? La construcción de la abadía de Sawtry duró 91 años. De entre quienes comenzaron a edificarla, muy pocos hombres llegaron a verla completa, pero todos sabían que sólo una obra tan magnífica podía ser el destino definitivo de su materia. El motivo mismo de la existencia de la piedra que ahora acoge al cortejo fúnebre. Hombres, mujeres y caballos duermen allí una noche, bajo su inmutabilidad. Se refugian en su permanencia. Ninguno alcanzaría a imaginar que muy pronto, dentro de una medida de tiempo humano, en apenas unos meses, todo habrá cambiado. El monasterio será disuelto, la piedras serán desencajadas una a una, el peso de los sillares desmontados con esfuerzo, poleas, mulas, cinceles y cada piedra trasladada a otro lugar. Buscarán otros propósitos para la piedra caliza, nuevas edificaciones y usos diferentes que no sean el de la gloria a Roma.

En la noche de Sawtry, los viajeros cansados agradecen su solidez protectora. Nadie siente la posibilidad de que el mundo cambie mientras duerme. Quizás esa visión sólo esté al alcance de un cuerpo inanimado que ya no está sujeto a los mismos márgenes de tiempo. Materia igualada con materia. Puede que Katherina lo sienta. Tendido en el altar de la gran capilla, su cuerpo rodeado de velas, acompañado por los dos gentilhombres que hacen guardia, por algunos monjes que hacen turnos para rezar por ella. Es posible que esté soñando que el monasterio es desmembrado piedra a piedra por otro corazón humano con un deseo tan fuerte como el que sirvió para extraer la piedra de la tierra y edificar la abadía. Un puño cerrado, el corazón de fuego que tan íntimamente conoció en vida.

Al día siguiente, a la salida de Sawtry, cuarenta y ocho encapuchados vestidos de negro se unen al cortejo fúnebre. Todos portan antorchas que arden en las brumas bajas de la mañana. Willoughby ya sabe a dónde se dirigen, cuál es el lugar en el que terminará el segundo día de viaje. Lady Bedyngfield ha venido a buscarla cuando empezaba a amanecer. Le ha despertado suavemente, sacudiéndole el brazo, mientras los pájaros aún guardaban silencio, antes de que los gatos de la abadía salieran a acecharlos. Willoughby ya había imaginado el nombre de la ciudad que en los labios de Lady Bedyngfield, ha sonado distante, como un lugar vacío de significado, sin conexión con el cuerpo de Katherina ni con su vida: Piterbery. Luego, Lady Bedyngfield le ha dicho que no tiene motivo para temer lo que sucederá después, que no ha oído nada que le haga prever castigos o peligros. Por lo que ella ha podido averiguar, todos los sirvientes, las damas, los caballeros, los oficiales y los campesinos, serán dispersados y volverán a los lugares a los que pertenecen cuando hayan terminado los ritos del enterramiento.

Willoughby cree en sus palabras. Le estrecha las manos para darle las gracias. Su buena voluntad tendrá algún precio para ella. Alguien las habrá visto juntas, hablando. Ambas están acostumbradas a ese tipo de comercio. Cuando Lady Bedyngfield se va, la luz del sol empieza a cambiar el cielo. Willoughby intenta volver a conciliar el sueño mientras piensa en su casa de Grimsthorpe. Irá allí con su hija cuando los funerales hayan terminado.

XXVII.

29 de enero de 1536, Piterbery

A las puertas del templo, cuatro obispos y seis abades reciben el cuerpo de Katherina que se coloca bajo un palio frente al altar. En el futuro, dirán que aquel sitio sagrado era uno de los más notables de Inglaterra y que, aquel día, la abadía estaba iluminada por la luz de miles de velas, pero Willoughby lamenta el lugar que han escogido para ella, no porque sea menos importante que una catedral o por la distancia que lo separa de Londres, sino porque es un sitio ajeno a la vida de su amiga, a sus afinidades y a sus deseos. Si ahora hacen esto con ella, en los días venideros desarmarán su memoria, sus virtudes, toda su persona. El árbol fuerte y alto, la mujer que ella ha conocido y amado, durante tantos años.

En las piedras del suelo, hay losas grabadas con nombres y fechas del pasado. Guardan los deseos póstumos de hombres y mujeres que ningún vivo ha conocido. Voluntades que también se han extinguido en el tiempo. Sobre ellas, caminan personas que eran como ellos. Sus pasos no tienen peso sobre esos nombres, ninguna importancia. Los muertos no sienten rencor por los que aún viven.

Los ojos de Willoughby buscan a Marye entra las personas notables que esperan sentadas en el templo, pero no hay rastro de ella. Deben haber convocado a los nobles de la comarca. Contemplan la escena quietos, callados, como si la invitación al funeral de la antigua reina les hubiera comprometido. El rey no ha consentido que Marye venga al entierro de su madre. También hay otra ausencia notable. Su amigo Chapuys tampoco está entre los asistentes. Dicen que el embajador se ha negado a viajar a Piterbery para demostrar que no aprueba el lugar ni los honores con los que van a despedir a su querida amiga. Considera que esa abadía es un sitio menor, que no es un lugar digno de Katherina. También cuentan que ha rechazado las varas de paño negro que un enviado de Cromwell le había presentado en su propia casa para que pudiera hacerse las ropas de duelo. Así muestran su oposición los hombres como Chapuys. Ellos pueden permitirse rechazar regalos y desestimar invitaciones que llegan de Greenwich. Disfrutan del lujo de expresar su entereza moral. A menudo, la malgastan en caprichos, en juicios banales.

Los cantos se amplifican contra los muros helados de la abadía y Willoughby intenta imaginar una vida en la que pudiera obrar de la misma manera en la que piensa, en la que fuera libre de conducir cada día de su existencia según sus juicios y sus propias ideas. Ella siempre ha tenido que vadear las sendas tortuosas de la obediencia. A veces le cuesta distinguir la obligación, su sentido del deber, de sus deseos reales. Las escasas ocasiones en las que ha conseguido cambiar el curso de las cosas, tampoco le han permitido alcanzar sus deseos. Las cosas que verdaderamente ansía han permanecido siempre tan lejos de sus posibilidades que ya ha comenzado a olvidarlas. Esa también es una pérdida que merece un duelo.

Quizá se haya conformado con sortear los riesgos impredecibles que conlleva tener nombre y posición en la corte. Eso debería bastarle, la gratitud de seguir viva. Lleva años avanzando por un precipicio escarpado que se hace más angosto cuanto más se acerca al origen del poder. En el centro, hay una sola persona. Él tampoco está allí, en Piterbery. Le conoció, hace años, con forma de hombre. Ahora, su naturaleza se ha desvirtuado y se deforma con cada ataque de cólera, con cada decreto, con cada cabeza que separa de un cuerpo, porque no es natural para un hombre gozar así del mundo y ese grado de poder debe, sin duda, haberlo transformado en otra especie de ser, en alguna otra cosa que nadie aún ha nombrado.

Willoughby concentra sus pensamientos en Grimsthorpe llegará allí tan pronto como pueda. Ha convencido a su hija para que vaya con ella. El tiempo irá aminorando ese temblor grave, sostenido, que ahora subyace a todos los instantes. Llegará el día en el que logre convencerse a sí misma de que ya no existe un peligro eminente. Siente su casa de Barbican, en Londres, mucho más lejana. Pasarán meses, puede que más de un año, hasta que regrese a ella. Hasta que sienta que puede volver a acercarse por un margen callado al centro ardiente del país, al corazón hambriento de Greenwich. Nadie se siente completamente a salvo en Inglaterra. El miedo mana de la misma cabeza del estado. Un rey que teme ser envenenado, que desconfía de sus enemigos y de sus aliados por igual, de todas las familias que esperan en la sombra para disputarse el trono de Inglaterra mientras él no engendre un heredero. Un hijo varón que aplaque su peor miedo, el final estéril de su línea de sangre.

XXVIII.

29 de enero de 1536, Corte de Greenwich

El nudo se deshace en su interior. Las fibras ceden a los fluidos y así se desata todo, con un impulso autónomo del cuerpo que, al principio, es indetectable. Es el mismo desorden con el que la naturaleza hace y deshace todas las cosas del mundo, porque aunque tengamos sentidos para percibirlas y conocerlas hacia el exterior, todo lo que somos por dentro es un misterio amorfo e inescrutable.

No existen razones claras que desencadenen o interrumpan los procesos del cuerpo. Muchos pensarán que se trata de una voluntad externa, de un designio supremo que ha atravesado la bóveda del cielo para señalarla a ella. Hablarán de la fuerza sobrenatural que ha intervenido para crear esta simetría triste que tiene lugar el mismo día, en una fecha tan señalada. Los más creyentes emplearán la palabra «castigo», pero una mujer como Anne sabe que lo que ahora sucede sólo es un antojo de su cuerpo. Su organismo no entiende de intenciones humanas, no responde a deberes ni a consecuencias y, a menudo, funciona al margen de la mujer que habita en él. Su carne no diferencia la sangre del hijo del rey de cualquier otra sangre, no está hecha para eso. Todas las esencias con las que podría amalgamarse devienen en una misma ebullición, en una misma mezcolanza. Los reinos del cuerpo son ajenos a los estamentos humanos.

Primero es una pulsión inadvertida, aunque, si se para a pensar, podría afirmar que no ha sido un cambio completamente imprevisible. Seis días antes, sufrió un gran sobresalto cuando el Duque de Norfolk anunció que el rey se había caído del caballo aparatosamente, pero el disgusto no fue demasiado grande porque Norfolk le dio la noticia con palabras delicadas, sabiendo el estado en el que ella se encontraba y el accidente no tuvo más consecuencia para Henrico. Éste sólo es un razonamiento que Anne usará después para justificarse y porque ella odia al Duque de Norfolk. Dirá que se asustó tanto con la noticia que tuvo que tomar unas gotas de láudano para compensar la turbación, según está indicado para las mujeres encintas cuando sufren alguna conmoción. En realidad, cualquier cambio que ella pueda haber advertido no ha pasado por su habla ni por su cerebro, que son sus dones más desarrollados, sino por el campo físico que comparten todos los seres que nacen directamente de la carne y que no se gestan dentro de un capullo o de un huevo. El campo de las funciones fisiológicas, una esfera que ella siempre ha menospreciado.

Puede que, en verdad, algo haya cambiado dentro de Anne desde que el rey empezó a fijarse en Mistress Seymour. Oye que le envía regalos y que le dedica atenciones que antes estaban reservadas para ella. Esta semilla de duda es poderosa, comienza a destilar un temblor, una inquietud en la firmeza cotidiana con la que su cuerpo y su inteligencia mantienen sujetas todas las cosas que de verdad importan.

La gota que resbala por su pierna pasa inadvertida hasta que mancha el zapato. Cuando Anne descubre la flor líquida, todo es terror. Se encierra en su cámara. Se oculta de todos los ojos que no sean los de su tía y los de sus damas más cercanas. Prohíbe que cualquier otra persona entre o salga. Les advierte que castigará a quien prenda la mecha de un rumor. No suelta de su mano la piedra de calamita que lleva colgada del cuello a modo de talismán. Sus damas aflojan las cintas de sus ropas, la acuestan. Corren a buscar pan y moscatel para colocar una rebanada empapada de vino sobre su ombligo como es costumbre cuando se quieren frenar los síntomas de un aborto espontáneo. Su tía, Lady Shackleton, pregunta a Anne Gainsford si deben darle de beber un sirope de artemisa menor. Ella es la dama mejor leída de todas ellas y debe tener algún conocimiento nuevo de los libros que siempre tiene entre manos. Ella recuerda haber leído que no está indicado a menos que el aborto ya sea inevitable y se quiera ayudar a la madre a expulsar el embrión.

Anne reza. Esto es algo que no hace a menudo ni con tanta convicción como otras mujeres de la corte, pero al reconocer los mismo dolores que movieron a Elizabeth fuera de su cuerpo, reza a todos los poderes de lo sobrenatural con la devoción de alguien que está a punto de perderlo todo. A su alrededor, percibe el runrún de las oraciones de las otras damas. Ve caras de miedo y consternación. Saben que si falla la empresa de la nueva reina, fallará también el futuro de sus damas y puede que las suertes de todas ellas corran peligro. La desazón se vuelve insoportable. Hacen todo lo posible por sostener los andamios del pequeño cuerpo con sus rezos, con las habilidades que conocen y a la vez desconocen pues no son más que creencias con poco fundamento que han sido transmitidas de una generación a otra y cambian según el lugar de donde procedan y, a veces, se contradicen entre ellas.

Entre sus desacuerdos, todas se muestran unánimes

en una cosa. Para poner remedio a las contracciones y salvar al futuro príncipe de Inglaterra la madre debe apartar la rabia y el miedo de su pensamiento. Debe dulcificar su cuerpo, pues sólo si retoma la serenidad podrá hacer que se detengan. La cosa más difícil de todas. Anne le pide a una de las damas que cante para ella. Prefiere la música a los rezos.

> J'ay prins amours a ma devise
> pour conquerir joyeuseté;
> heureux seray en cest' esté,
> se puis venir a mon emprinse.[10]

No existe una canción que logre sujetarlo a sus entrañas. La intensidad del dolor decide el momento en el que la madre pasa de querer retenerlo dentro de su cuerpo a empujar con todas sus fuerzas para expulsarlo.

No hay recurso ni pensamiento que pueda evitar que se desprenda de ella. Cuando ya ha sucedido, dicen que es un niño de tres meses y medio. Anne se niega a mirarlo. No soporta la idea de perder el amor del rey.

No quiere sollozos. Expulsa de la cámara a una de las damas porque está llorando. Ha perdido el trofeo del favor de Henrico, pero sigue creyendo en su propia inteligencia. Anne rechaza el vacío y vuelve a llenarse de sí misma antes de que consigan detener la hemorragia. No culpa a su cuerpo. No repara en su virtud o en su falta de ella. Confía en que el puesto que ha ganado en el corazón del rey seguirá siendo suyo y sólo para ella. Tendrá

---

10. *Chansonnier Cordiforme*, No.19 (Anonymous) «Iay pris amours».

otras oportunidades. Antes de que llegue el verano, estará esperando otra vez. La fe de Anne no es aprendida, ha nacido con ella y nunca ha estado dirigida a las alturas celestiales ni a los restos incorruptos de santos de otros siglos. Cree en su propio corazón, en su propia cabeza. No le cuesta apartar el peor de todos los pensamientos, la idea ominosa que lleva horas flotando en su cámara. Anne y sus damas la sienten sin que nadie se atreva a nombrarla. Ese mismo día, lejos de la corte, se celebra el funeral de la mujer que ha sido su enemiga. La mujer que un día fue su mayor impedimento abraza la tierra. No existe ninguna simetría entre su pérdida y el funeral de la antigua reina. No consentirá que nadie trace la línea de la culpa o de la retribución. Anne se promete a sí misma que nunca compartirá el mismo destino que tuvo ella.

Bibliografía

Eccles Audrey. (1982), *Obstetrics and Gynaecology in Tudor and Stuart England*, Routledge.

Froude, J. A. (1897), *The Divorce of Catherine of Aragon*, Longmans, Green & Co.

Gayangos y Arce, Pascual de (1877), *Calendar of Letters, Despatches and State Papers Relating the Negotiations between England and Spain, preserved in the Archives at Simancas, and elsewhere*, Londres, Longmans & Green.

Institute of Historical Research: *Letters and Papers, Foreign and Domestic, Henry VIII*, Vol. 10, Enero-Junio de 1536.

Calendar of State Papers, España, Vol. 5 Part 2, 1536-1538.

Spanish Calendar, Vol. V. , MS Viena.

Índice

Con mi agradecimiento especial a Nora Butler
y al doctor Emilio Romo Hidalga

Patricia Rodríguez

ξ